KB192261

안락

은모든 소설

arte

안락

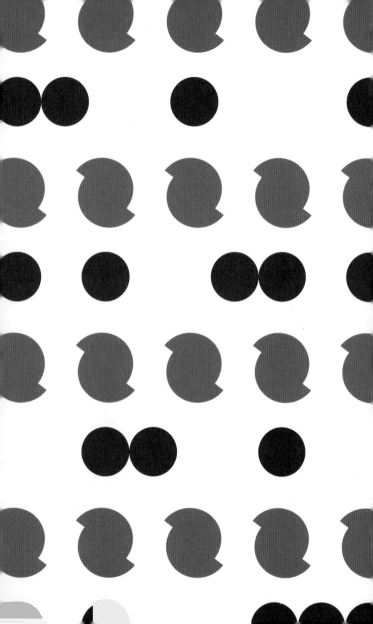

차례

"선생님은 좋은 곳으로 가셨을 거야."

누군가가 그렇게 말하자 동창 중 몇몇이 고개를 끄덕였다. 그 자리에 모인 이들은 하나같이 검은 옷을 입고 있었지만, 그 순간 떠올린 '좋은 곳'은 제각각이었다. 막연하게 천국의 이미지를 그리는 이도, 윤회를 떠올리는 이도 있었다. 그런가 하면 몇몇은 이 삶이 다하고 나면 아무것도 남지 않는, 완전한 무無의 상태가 되리라고 보는 쪽이었다. 우주의 먼지가 되는 것이 지극히 자연스러운 것 아니겠느냐는 목소리도 들렸다.

그런 것들에 대해 진지하게 고민해본 적이 없었다는 사실을 나는 그제야 깨달았다. 그리고 나 같은 사람이 한 명 더 있었다. 규철이었다. 그는 그런 게 뭐가 중요하냐며 고개를 저었다. 삶의 종착점 같은 먼 미래에만 집중해도 안 되고, 당장 눈앞에서 일어나는 일에만 신경 쓰는 것도 바보 같은 짓이라고 규철은 말했다.

"중요한 건 앞으로 딱 십 년이야, 십 년."

규철은 단호했다. 향후 십 년의 흐름을 전 지구적으로 조망해야 투자 가치가 있는 분야를 알아볼 수 있다는 게 그의 주장이었다. 그러면서 이제 정점을 찍고 하락세를 나타낼 분야로 인공 강우 산업을 예로 들었다.

커다란 제스처를 곁들여 말하는 규철의 이야기에 등장하는 단어와 개념은 지나치게 복잡했다. 하지만 그의 왼쪽 손목에서 번쩍이는 시계는 명쾌하게 그의 경제적 성공을 전시하고 있었다. 듣자 하니 웬만한 중형차 한 대 값인 모양이었다.

규철의 목소리를 피하고 싶었던 나는 주변 테이블

을 둘러보았다. 건너편 테이블 구석에 홀로 앉아 있는 이삭이 보였다. 그는 고3 시절, 같은 반 아이들에게 '최 목사'라는 별명으로 불렸다. '이삭'이라는 이름에서 알 수 있듯 독실한 기독교 집안에서 자랐고, 신학 대학 진학을 희망했기 때문이다.

"이삭아!"

"어, 지혜야. 오랜만이다."

"내가 방금 전에 지옥이 있기는 있어야겠다는 생각을 했거든. 그 순간 최 목사 네가 딱 보인 거야. 이거 운명 아니니?"

"나, 지옥 갈 것 같아?"

"무슨 소리야. 네가 왜."

이삭의 엉뚱한 말에 나는 웃음이 나왔다.

"규철이 쟤 때문에 그러지. 선생님 아니었음 고등학교 졸업도 못 했을 인간이 여기 와서 투자 얘기를 하고 있다고. 돈도 장난 아니게 버나 봐. 그럼 나중에 지옥에라도 가야 공평하잖아."

"그런가?"

"넌 배웠을 거 아냐. 지옥이 있는 거 맞지?"

"글쎄, 내가 아홉 살 때부터 고민을 해보긴 했는데……."

이삭의 입에서는 예상 밖의 대답이 나왔다. 하지만 놀라기에는 일렀다. 심지어 이삭은 그 고민이 시작된 순간까지 또렷하게 기억하고 있었다.

그날 이삭의 가족은 근교의 공원으로 나들이를 나섰다고 했다. 그것은 네 식구 모두가 함께한 마지막 나들이가 되었다.

이삭은 이른 아침부터 김밥을 싸며 콧노래를 흥얼거리던 엄마의 모습을 지금도 생생히 기억하고 있었다. 입안을 가득 채우는 큼직한 김밥 끄트머리, 막 잘라낸 단면에서 퍼지던 참기름의 향도 잊지 못했다. 엄마 옆에서 어느 정도 배를 채운 아홉 살의 이삭은 동생 바울의 입에도, 엄마의 입에도, 바울이 탈

휠체어를 착착 접고 있는 아빠의 입에도 김밥 끄트머리를 넣어주었다.

공원에 도착하고 나서 한 시간쯤 지났을 때였다. 아빠가 매점에 다녀오겠다며 일어섰고, 잠시 뒤에 아빠가 두고 간 지갑을 발견한 엄마가 아빠를 쫓아갔다. 그러자 바울이 돌연 인상을 찌푸리며 상체를 수그렸다.

"아파?"

이삭의 질문에 바울은 기운 없이 고개를 끄덕이며 춥기도 하다고 말했다.

"엄마 오면 집에 가자고 할까?"

"안 돼. 엄마한테는 비밀이야."

십 분쯤 뒤에 엄마와 아빠가 그들 곁으로 돌아왔을 때, 바울은 얼굴에서 찡그린 표정을 말끔히 지우고 춥지 않느냐는 엄마의 질문에도 단호하게 아니라고 대답했다.

"이삭이는?"

바울에게 생수병을 건네며 엄마가 묻자, 이삭은 고민할 겨를도 없이 괜찮다고 말했다. 바로 그 말이 이삭이 기억하는 한 생애 첫 거짓말이었다. 이삭은 그 순간 자동적으로 '지옥'이라는 말을 떠올렸다. 심장이 방망이질 쳤다.

모태 신앙인 이삭은 언제나 하나님께 진실하고 순종하라고 교육받았다. 동생 바울이 선천적인 하지 장애 진단을 받은 이후에 집안의 분위기는 점점 경직됐다. 청과물 유통업에 종사하는 아빠는 쉬는 날이 없다시피 일했다. 엄마는 바울의 재활 치료에 공을 들이는 만큼 기도에도 정성을 쏟았다. 온 가족이 진심을 다해 기도하면 언젠가 바울도 건강해지리라고 엄마는 믿었다. 기도 중에 그렇게 약속하는 하나님의 목소리를 들었다고 했다.

이삭은 온 가족이 하나님과의 약속을 지켜야 한다는 이야기를 수없이 들었다. 엄마는 특히 거짓말을 하면 나쁜 어린이라며 절대로 거짓말을 하지 말라고 강조했다. 나쁜 어린이는 나중에 죽으면 지옥에 가게 된다고 했다. 그리하여 그때까지 이삭은 아무리 사소한 거짓말도 할 엄두를 내지 못했다.

바울이 불편한 것 같다고 지금이라도 말할까. 어찌나 고민이 되었는지 이삭은 아랫배가 다 아팠다. 하지만 눈이 마주친 순간 잠자코 있자는 듯한 얼굴로 빙긋 웃는 바울을 보고 이삭은 입을 다물었다.

가족 나들이를 망치고 싶지 않은 바울의 마음을 이삭 또한 모르는 바가 아니었다. 오늘이 엉망이 된다면 언제 또 온 가족이 주말에 함께 시간을 보낼 수 있을지 모르니까. 그러면 엄마가 콧노래를 흥얼거리는 모습도 볼 수 없을 테니까. 그러자 거짓말이 무조건 나쁘기만 한 것일까? 하는 생각이 이삭의 마음속에 똬리를 틀었다.

그날 저녁, 바울은 딸꾹질이 한 시간 넘게 멈추지 않아서 괴로워했다. 바울의 등을 쓰다듬던 엄마가 낮에 추웠던 게 아니냐고 재차 물었지만, 바울은 아니라고 고개를 저었다. 바울이 다시금 엄마에게 거짓을 말하는 모습을 보며 이삭은 혼란스러웠다. 딸꾹질이 계속되는 것이 거짓말에 대한 벌일지도 모른다는 생각이 들어서였다.

그렇다면 나도 벌을 받게 될까. 바울과 나 둘 다 지옥에 가는 걸까. 어째서 그렇게 정해져 있는 것일까. 이삭은 생각하면 할수록 서글펐다. 그리하여 이삭은 그날부터 남몰래, 그때까지 당연하게 믿고 있던 것들을 하나씩 의심하기 시작했다.

이야기를 마치고 내 잔을 채워주는 이삭의 얼굴은 덤덤해 보였다. 하지만 나는 직감적으로 그가 아무렇지 않은 척하기 위해 애쓰고 있다는 사실을 알 수 있었다. 유달리 말간 그의 얼굴 너머에 가득 고여 있는 눈물이 만져질 듯했다. 그 눈물을 닦아주기 위해서 당장이라도 이삭의 두 볼에 손을 뻗고 싶었다. 십 년 가까운 세월이 지나고 난 뒤 그와 다시 만난 게

아니라, 마치 그간 내내 가까이 지내기라도 한 것 같
았다.

우리는 같은 반이었던 고3 때도 친하게 지낸 적이
없었다. 그런데 불현듯, 어째서 이토록 친밀하고도
안타깝게 느껴지는 것인지 나는 알 수 없었다. 이런
기분은 난생처음이었다. 장례식에 와서 이런 감정을
느끼다니. 나는 더 이상 규철을 흉볼 자격이 없었다.

나는 이삭의 어깨를 두어 번 토닥여주었다. 잠시
동안 이어진 어색한 침묵을 깬 것은 작은이모와 함
께 유럽 여행 중인 할머니가 보내온 메시지였다. 로
마에서 즐거우시냐고 내가 몇 시간 전에 드린 질문
에, 할머니는 한 장의 사진으로 답을 대신했다.

대성당의 스테인드글라스가 잘 보이도록 발밑에
서 올려다보는 각도로 찍은 할머니의 모습은 마치
성당 한가운데에 거대하게 솟아 있는 듯 보였다. 그
위풍당당한 모습에 나는 웃음이 절로 나왔다.

"재미있는 거라도 왔어?"

이삭의 질문에 나는 그에게도 할머니의 사진을 보여주었다.

"대성당을 접수하러 간 사람 같지 않니?"

"그러게." 이삭이 싱긋 웃었다. "관광 가신 거야?"

"관광은 관광인데……. 아니야. 관광하고는 좀 달라."

이삭은 내 눈을 들여다보며 이어질 이야기를 기다렸다.

할머니의 유럽행을 설명하기 위해서는, 우선 그분의 삶의 신조를 일러둘 필요가 있었다. 그것은 바로 '말이 씨가 된다'라는 말이다. 나는 그 말을 할머니에게 배웠다. 자신의 의지를 담은 말을 씨앗으로 하여 싹을 틔우고 열매까지 보시는 분. 그게 우리 할머니였다.

이를테면 할머니가 처음 이대 앞에 밥집을 내고 "못해도 오 년 안으로는 반지하 신세 면해야지"라고 한 말은 정말 오 년째 되는 해에 이루어졌다고 한다. 뿐만 아니라, 할머니가 길 하나 건너 이 층 건물로 밥집을 옮기던 날, 장차 그 가게를 세 딸 중 한 명에게 잇게 하겠다고 공언했는데, 그 말이 결실을 맺은 듯 현재 할머니의 밥집은 작은이모가 이어받아 운영하고 있다.

나는 할머니가 가게 일에서 물러나려 할 때, 앞으로 무엇으로 소일할 것인지 물어본 적이 있다.

"밀린 세상 구경해야지. 일단 봄꽃부터 보고, 그다음에는 유럽 땅도 한번 밟아보고."

하지만 이른 봄의 매화꽃을 보러 간 1박 2일의 여행을 끝으로 할머니는 다시금 생활 리듬을 다잡게 되었다. 혈당 수치가 치솟아 의사에게 엄중한 경고를 받았기 때문이다. 할머니는 식단 관리를 받으면서 매일 운동을 병행해야 했다. 반년쯤 지나 혈당 수치가 어느 정도 안정되자 이번에는 아침 산책길에 할아버지가 뇌졸중으로 쓰러졌다. 이후 할아버지의 몸 왼쪽 전반에 가벼운 마비 증세가 나타났다가 몇 달이 지나서야 사라졌다. 그런데 할머니가 한시름 놓았을 즈음, 할아버지는 두 번째로 쓰러지고 말았다. 욕실에서 나오며 내딛던 발걸음을 끝으로 할아버지는 영영 깨어나지 못했다.

유럽 여행은 할아버지의 장례를 치르고 난 직후에 작은이모가 먼저 할머니에게 권한 것이었다. 갑작스러운 이별을 겪은 만큼, 일상생활로 돌아오려면 혼을 쏙 빼놓을 만큼의 자극이 필요하다는 게 작은이모의 생각이었다.

거기까지 말한 뒤에야 나는 혼자 너무 오래 떠든 것은 아닌지 이삭의 눈치를 살폈다. 택시를 타고 나서 몇 분밖에 지나지 않은 것 같은데 어느새 집 근처였다. 그 길에서 내내 할머니 이야기를 하느라, 나는 이삭의 집이 어디쯤인지 물을 생각조차 하지 못했다.

"괜찮아. 우리 집도 여기서 금방이야."

이삭의 목소리는 따스했다. 내려야 할 때가 되자 뭐든 좋으니 그와 다시 만날 구실이 필요했다. 그때였다. 차창 밖으로 빌딩의 전광판에 흐르는 어느 다큐멘터리의 예고편이 눈에 들어왔다. 언니가 극장 상영이 끝나기 전에 꼭 보라고 거듭 추천한 작품이었다.

"저 다큐가 평이 좋더라. 너 혹시 저거 봤어?"

내가 묻자 이삭은 전광판 화면을 보기 위해 고개를 한쪽으로 살며시 기울였다.

할머니와 10박 11일의 유럽 여행을 마치고 돌아온 작은이모는 여행 소감을 전하기에 앞서 한숨부터 쉬었다.

"지혜야, 말도 마. 여행은 무조건 한 살이라도 어릴 때 다녀와야 돼."

일고여덟 시간씩 시차가 나는 곳에서, 아침 여섯 시에 일어나 일곱 시에 아침을 먹고 나면 밤늦게까지 관광지를 도는 스케줄이 매일 이어졌다고 이모는 말했다. 일정을 듣는 것만으로도 입에서 단내가 나는 것 같았다. 놀라운 것은 팔십 대의 할머니가 모든 일정을 정력적으로 소화했다는 사실이었다. 그 곁에서 작은이모는 홍삼 엑기스를 생명수처럼 들이켜며 한국으로 돌아갈 날만을 손꼽아 기다렸다고 했다.

할머니의 폭발적인 에너지가 발현된 것은 여행지에서뿐만이 아니었다. 한국에 돌아오자마자 할머니는 할아버지의 유품을 정리하기 시작했다. 그 김에 사흘 밤낮으로 본격적인 대청소를 벌였고, 안방에 먼지가 가득하다며 하루는 우리 집에서 지냈다.

"영감도 갔겠다, 내가 진짜 쓸 거만 남기고 싹 처분해야지, 안 그러냐?"

"엄마도 참, 그 정도로 일을 벌일 거면, 사람을 쓰든가 했어야지. 그러다 병원비가 더 들어."

엄마가 볼멘소리를 했다.

"영감도 갔겠다, 지금 있는 살림 반은 줄여야지."

할머니는 그 말만 되풀이했다. 실제로 할머니는 세간의 절반 이상을 처분했다. 그러느라 결국 엄마의 예상대로 몸살이 나고 말았다. 엄마는 그것 보라고 있는 힘껏 투덜대면서도, 간호사인 언니에게 수액을 놓아드리라고 재촉했다.

두 번째로 수액을 놓고 온 언니는 할머니가 거의 쾌차하셨다고 했다. 그러면서 작은이모네 가게에서 모이기로 했다며 돌아오는 주 일요일 오후 시간을 비워두라는 말도 전했다. 할머니가 무슨 일로 부르시는 것인지 짐작이 가느냐 물었더니, 언니는 싱긋 웃으며 어깨를 으쓱거릴 뿐이었다.

그 주 일요일에 작은이모의 밥집에 모인 사람은 우리 가족뿐만이 아니었다. 큰이모, 큰이모의 외아들인 사촌 지용이, 그리고 작은이모까지 할아버지가 돌아가신 이후 처음으로 외가의 삼대가 모두 모인 자리였다.

점심 영업이 어느 정도 마무리된 두 시쯤 집합한 가족들은 우선 조금 늦은 점심을 먹었다. 한산한 가게 안, 통유리 창으로 쏟아지는 햇볕에 등허리가 따스했다. 돌솥비빔밥을 쌀 한 톨 남기지 않고 해치운 나는 당장이라도 눈꺼풀이 감길 것만 같았다.

졸음을 쫓을 겸 큰이모와 지용이를 따라 주방에서 커피와 녹차를 가져왔을 때였다.

"오늘 모이라고 한 건, 미리 마음의 준비를 해두라고, 그 얘기를 해야겠다 싶어서야." 할머니는 그렇게 말문을 열었다. "난 못해도 앞으로 오 년 안에, 나머지 싹 정리하고 개운하게 갈 거야. 마음 딱 먹었으니까, 그렇게들 알고 있어."

할머니의 선언 이후 이어진 침묵을 깬 것은 엄마였다.

"오 년은 무슨, 누구 맘대로?"

"내 명줄 내 맘대로지." 할머니는 태연했다. "지금 당장 뭘 어쩌겠다는 건 아니야. 그럴 계제도 아니고.

앞으로 오 년간 차근히 준비해서 개운하게 가야겠
다, 그 얘기야."

"그러니까 엄마 말씀은 지금……."

작은이모가 심각한 표정으로 입을 열었지만, 엄
마가 가만있어보라며 이모의 말을 끊었다.

"엄마, 요새 뉴스에서 떠드는 얘기 듣고 이러는 거
야? 그 법이, 그게 정말 통과가 될 거 같아? 꿈도 크
셔. 그거 한국에서는 절대 안 돼."

"당신, 뉴스 보면서는 통과될 때도 됐다더니?"

아빠가 소곤거리자 엄마는 인상을 찌푸리며 역정
을 냈다.

"남들이야 그렇다고 하더라도 우리 엄마가 그러
겠다는데 그게 같아?"

정신이 번쩍 들었다. 졸음에 취해 있던 나는 그제
야 이야기의 흐름을 따라갈 수 있었다. 할머니가 개
운하게 정리한다는 것은 상속 문제 따위를 미리 매
듭짓겠다는 말이 아니었다. 할머니는 가족들 앞에

서 오 년 안에 자의로 당신의 생을 마감하겠다고 선언한 것이다.

언니는 할머니의 의중을 이미 알고 있는 듯했다. 침착한 표정이었고, 달래려는 듯 엄마의 손등 위를 가만히 쓰다듬었다. 엄마는 언니의 손을 뿌리치지는 않았지만 화를 삭이기 힘든지 어깨까지 들썩이며 숨을 몰아쉬었다. 큰이모의 표정은 좀 더 복잡했다. 누구와도 눈을 맞추지 않다가 이따금 관자놀이를 문지르는 모습은, 체념한 것 같기도 했지만 엄마 못지않게 화가 난 것처럼 보이기도 했다. 그때 작은이모가 모두에게 할아버지의 마지막을 상기시켰다.

"엄마는 아빠처럼 그렇게 준비 없이 당하고 싶지 않다는 거잖아. 법만 통과된다면 난 도와드리고 싶어."

"그 준비를 왜 벌써 하느냐는 말이야." 엄마는 한숨을 쉬었다. "시한부 선고라도 받았어? 어디 죽을병 걸렸냐고. 아니잖아."

"내 명줄 내가 안다니까. 길어봤자 거기까지야. 의
사한테 묻고 자시고 할 필요도 없어."

할머니의 어투에는 흔들림이 없었다.

할머니가 자신의 '수명 계획'을 밝힌 이후에, 엄마
는 한숨을 쉬고 또 쉬었다. 한숨을 쉬는 것만으로 정
말 땅이 꺼질 수 있다면 이십일 층에 위치한 우리 집
이 꺼지고 꺼져, 지면 아래로 가라앉을 만큼의 깊은
한숨이었다.

나는 이따금 적당히 하라고 짜증을 내고, 대체로
는 엄마를 달래면서 그 주를 보냈다. 그 와중에도 이
삭과 보기로 한 다큐멘터리 표를 예매하는 것은 잊
지 않았다.

이삭은 영화를 보고 나서 밥은 자기가 사겠다고
했다. 그 메시지를 보고도 나는 이게 데이트인지 아
닌지 판단이 되지 않았다.

"옷을 한 시간째 고르면서 데이트가 아니면 뭐

야.”

언니는 기가 막힌다는 투였다. 그러면서 내가 들고 있는 새하얀 블라우스를 보더니 고갯짓으로 옷걸이를 가리켰다. 나는 옷걸이에 걸린 은은한 살굿빛 블라우스를 가지고 와서 거울 앞에 섰다.

“내 기분은 그런데, 걔는 그냥 별생각 없이 올 수도 있잖아.”

“그러면 그런 기분이 들게 만들어야지.”

언니는 다시 한번 잘라 말했다. 언니는 삼십 대까지 가급적 여러 나라에서 생활해본 뒤에 자신과 가장 잘 맞는 곳에 터를 잡고 살겠다는 인생의 목표를 가진 사람이었다. 그래서 그런지 과연 데이트에 관해 조언하는 데도 기개가 넘쳤다.

나는 이삭과 극장에 들어선 이후에도 어색하기만 했다. 이삭의 마음이 어떤지 도통 가늠이 되지 않았다. 그는 약속 시간 십 분 전에 도착한 나보다 먼저 와 있었고, 일찍 온 김에 음료수를 사두었다고 했다.

아메리카노와 라테 중에 어느 것을 마실지 선택권
도 주었다.

"최 목사, 너 그동안 여자 좀 만나봤구나."

가볍게 농담을 던지려 했지만 내 목소리는 파르르
떨렸다.

"그럴 리가. 대학원에서 살아남으려다 보니까 이
정도는 하게 된 거지."

"정말?" 나는 속으로 기쁨을 삼켰다. "신학 대학
원도 별거 없나 보네."

"신학 대학원이 아니라 종교학이긴 한데. 그렇지,
별거 없어."

신학과 종교학의 차이가 구체적으로 어떤 것인지
묻자 이삭은 영화 상영 후에 답해주겠다고 소곤거
렸다.

조명이 꺼지고 화면에 등장한 것은 곡선을 강조
한 그림체의 애니메이션이었다. 팩에 든 두유를 마
시며 뛰어가던 소녀가 넘어지자 황급히 달려온 아

빠가 번쩍 들어 올려 목말을 태웠다. 부녀가 한 바퀴를 돌고 나자 시간은 십 년 후로 점프했다. 산업 재해로 아빠를 잃은 소녀는 세상에 마음을 닫고 등교마저 거부했다. 그러던 소녀를 위로하기 위해 엄마는 강아지 한 마리를 입양해 왔다. '두유'라고 이름붙인 강아지와 함께하며 소녀는 미소를 되찾았다.

애니메이션 화면이 실사 영화로 바뀌고 '십 년 후'라는 자막이 흐를 때까지도 나는 다큐멘터리의 내용에 집중하지 못했다. 하지만 어느덧 노견이 된 두유가 죽음을 앞두고 있을 때부터는 다른 생각을 할겨를이 없었다. 모녀가 찾은 동물 병원의 수의사는 두 사람이 받을 충격을 고려한 듯 조심스럽게 어휘를 선택하여 두유의 심장에 문제가 있고, 폐에도 종양이 생겼다는 사실을 전했다. 그러고는 두 사람에게 마음의 준비를 하도록 일렀다.

숨 쉬는 것조차 버거워 헐떡이던 두유는 수술을 받은 뒤에도 회복될 기미를 보이지 않았다. 사람의

나이로 환산하면 이미 팔십 대를 훌쩍 넘긴 작고 쇠약한 몸의 두유가 가엾다며, 엄마는 두유를 그만 놓아주자고 딸을 설득했다. 딸은 그렇게 쉽게 포기할 수 없다며 맞서지만 새벽 내 고통에 낑낑거리는 두유 옆에서 눈물짓기를 여러 날, 결국 엄마의 뜻에 따르기로 결정한다. 곳곳에서 훌쩍이는 소리가 들려오기 시작했다.

주인공에게 닥친 시련은 그것으로 끝이 아니었다. 두유와 이별한 뒤 몇 달이 채 지나지 않아 이번에는 엄마가 간암 말기 판정을 받게 된 것이다. 스산한 바람이 부는 늦은 가을날의 일이었다. 병원을 나오면서 엄마는 우선 머플러를 단단히 동여맸다.

"엄마는 너 두고 절대 안 죽어. 걱정할 거 하나 없어."

엄마가 딸에게 그렇게 말하는 장면에서부터 나는 코끝이 시큰거렸다. 필사적으로 병마와 사투를 벌이는 엄마와 휴직계를 내고 간호에 전념하는 딸의 모습을 보면서는 눈물이 줄줄 흘렀다. 진통제로 겨우겨우 버티면서도, 복수가 차오르는 한편 뼈마디가 앙상할 정도로 마른 모습으로도 반드시 병을 이겨내겠다던 의지에도 불구하고, 엄마는 반년 뒤에 세상을 뜨고 만다.

산소 호흡기를 끼고 딸에게 마지막 한마디 말조차 건네지도 못한 채 흐릿한 의식이 꺼져가는 안타까운 순간을 카메라는 오래도록 담았다. 넋이 나간 얼굴로 장례를 치른 뒤에 주인공은 말했다. 마지막 순간까지 엄마에게 받기만 했다고, 엄마는 누구도 줄 수 없는 것을 자신에게 주었다고 말이다. 그런가 하면 어째서 자신은 두유에게 해준 일을 엄마에게는 해드릴 수 없었을까, 하는 생각에서 벗어날 수 없다고 고백하는 것으로 영화는 막을 내린다.

어찌나 울었던지 자리에서 일어날 때 가벼운 현기증마저 일었다. 이삭 역시 두 눈이 퉁퉁 부어 있었다. 바로 옆자리에 앉아 있었지만 나는 그가 눈물을 홀리는지도 몰랐다. 이삭은 얼마나 숨죽여 울었던 것일까. 그러지 않아도 되는데. 내 앞에서까지 그렇게 혼자 꼭꼭 숨기지 말고, 티를 좀 내도 되는데. 하지만 그런 말을 건넬 수는 없었다. 단둘이 처음 만나는 자리에서 그의 상처를 건드릴 수도 있는 내용의 영화를 권한 나의 부주의함 때문이었다.

"언니가 하도 추천하길래. 실은 내가 내용을 자세히 몰랐어. 미안해."

"아니야. 좋았는데 왜."

이삭의 두 눈은 붉게 충혈돼 있었다. 나는 그에게 거듭 사과의 말을 건네고 싶었다. 그러나 극장 밖으로 나오자 집회의 소음 때문에 대화를 이어가기가 힘들었다. 시위대를 피해서 걷느라 오 분이면 닿을 목적지까지 이십 분이나 걸렸다.

이삭이 예약해둔 태국 음식점에 들어서서, 한낮임에도 불구하고 우리는 서로 약속이나 한 듯 맥주를 찾았다. 이삭은 극장에 가기 전에 받았다며 가방에서 전단지 한 장을 꺼내놓았다. 거기에는 볼드체로 **'고려장이 부활하면 대한민국이 무너진다!'** 따위의 문구가 가득 적혀 있었다.

"이 사람들 눈에는 우리 할머니가 나라를 무너뜨리는 사람이겠네." 내 말에 이삭이 고개를 갸웃했다. "우리 할머니가 지난주에 가족들 모아놓고 수명계획을 밝히셨거든."

"대단하시다. 외국에는 그런 어르신 많다고 뉴스에서 봤지만, 주변에서 직접 듣는 건 처음이야."

이삭은 감탄한 듯한 얼굴이었다.

"응. 앞으로 오 년 안에 정리하고 싶으시대. 우리 엄마는 결사반대지만."

"그래도 방금 전에 그 사람들처럼 꽹과리 치고 부채춤 추고 하진 않으실 거 아냐."

"그야 그렇지."

나는 고개를 끄덕였다.

"너 기다리면서 인터뷰를 좀 찾아봤는데, 우리가 본 다큐 감독도 항의 엄청 받았더라. 시사회도 아수라장이 됐대."

시사회까지 방해받았다는 소식은 마음이 아팠지만, 최소한 이삭이 다큐의 내용을 파악하고 관람했다는 사실은 내게 위안이 되었다. 달고, 시고, 매운 똠얌꿍 국물을 떠먹는 동안 나는 이삭에게 마구잡이로 질문을 던졌다. 그에 관해 알고 싶은 게 너무 많았다.

이삭은 가능하면 대학에 오래 남고 싶어 했다. 논문을 쓴 이후의 일을 구체적으로 그리고 있지는 않고 경제적으로 자리를 잡는 것도 요원할 테지만 가급적이면 오래, 라고 그는 덧붙였다.

나는 그에게 다시금 신학과 종교학의 차이를 물었다. 그러자 이삭은 잠시 말을 고르더니 신학은 신에게 가까워지고자 하는 여정 그 자체라면, 종교학은 신에게 다가가려고 하는 사람들을 들여다보는 학문인 것 같다고 했다.

"그럼 넌 신이 아니라 사람한테 관심이 있구나."

"아마 그럴 거야."

볶음국수의 면을 들어 올리면서 이삭은 얼버무리듯 말했다. 아닐 수도 있다는 것이냐고 되물었더니, 자신은 딱 잘라 말하는 것에 대해 저항감을 가지고 있는 것 같다는 대답이 돌아왔다. 그 말 역시 가정형이었다. 그러더니 맥주를 한 병 더 시킨 후에 이삭은 때로 동생 바울을 그렇게 잃지 않았더라면, 하고 가정해본다고 했다. 그랬다면 자신의 삶이 여러모로 좀 더 분명할 수 있었을지도 모른다고 그는 말했다.

바울이 유명을 달리한 것은 그의 짧은 생을 짓누르던 병에 의해서가 아니라 교통사고 때문이었다. 사고는 이삭이 열아홉, 바울이 열일곱 살이 되던 해의 봄에 일어났다. 바울은 사고 현장에서 즉사했으므로 이삭은 동생과 마지막 인사조차 할 수 없었다.

그 차에 함께 타고 있던 아빠도 병원으로 옮겨지고 며칠 뒤에 끝내 눈을 감았다.

원래부터 말수가 적었던 이삭은 장례를 마치고 학교로 돌아온 뒤에도 교실 한구석에 앉아서 하염없이 창밖만 바라보았다. 때로 수업 시간에 그에게 주의를 주는 선생님이 있기도 했다. 그러나 수업에 집중하기 힘든 사정을 모르는 바 아니었으므로 가볍게 책망하는 정도에 그치곤 했다. 사실 그즈음 우리 반의 진짜 골칫거리는 따로 있었다. 규철이 일으킨 사고야말로 학교 전체를 술렁이게 했다.

엄밀히 말하면 그때 사고를 친 사람은 규철 한 명만이 아니었다. 중고 거래 사이트에서 있지도 않은 물건을 팔겠다고 한 뒤 관심을 보이는 이의 돈만 가로채고 연락을 끊는 수법으로 사기를 친 학생이, 우리 학교에만 열 명이 넘었다. 한 해 전에 같은 방법으로 재미를 본 규철이 그들에게 구체적인 범죄 요령을 알려준 것이다. 그중 한 명에게는 부모에게 알리겠다고 협박해서 중고 거래로 번 돈의 몇 배가 되는 금액을 뜯어냈다고 했다. 견디다 못한 후배가 부모에게 알리면서 규철이 벌인 일이 만천하에 드러난 터였다.

규철이 퇴학을 당하리라는 소문이 돌았고, 나는 그게 합당한 조치라고 여겼다. 하지만 담임 선생님은 규철이 진심으로 반성하고 있다고 믿었다. 그래서 협박당한 학생의 가족을 찾아가 선처를 호소한 모양이었다. 퇴직을 목전에 둔 노교사의 분투가 동정표를 얻는 데 도움이 되었는지, 규철에 대한 벌은 정학 선에서 합의되었다.

지금도 또렷하게 기억나는 것은 학교에 돌아온 규철이 그간 있었던 일을 무용담처럼 떠들어대던 모습이다. 담임의 눈물은 양념에 불과했고, 실은 자기 아빠의 돈으로 무마되었다면서 그는 낄낄거렸다.

"선생님이 정이 많고 참 좋은 분이긴 했지만, 솔직

히 그땐 너무 순진했던 거 아냐? 나도 학교에서 월급 받는 일 하면서 할 소리가 아닌지는 모르겠지만, 나는 그때 규철이가 잘렸어야 된다고 봐. 벌을 제대로 받았어야지. 안 그래?"

"너 학교 선생님이 됐구나?"

이삭이 처음으로 내 신상에 관해 물었다.

"아니. 영양사야. 초등학교에 있어."

이삭은 고개를 끄덕였다. 그러곤 손끝으로 미간을 꾹꾹 눌렀다.

"걔가 그렇게 실실거리면서 자기 아빠한테 맞아 죽을 뻔했다는 둥 그랬던 거 기억해? 그때 내가 속으로 무슨 생각을 했냐면 말이야……."

취기가 올라오는지 그의 두 눈은 다시 붉게 충혈돼 있었다. 나는 그에게 무슨 생각을 했었느냐고 물었다.

이삭은 그때 자신의 마음이 갈기갈기 찢겨 있었다고 했다. 그리고 찢긴 마음의 한 조각은 규철에게 달

려들어서 그의 목을 조르고 있었다.

물론, 실제의 이삭은 그를 멀리서 쏘아보기만 했다. 그러다 눈이 마주쳤고, 팽팽한 시선이 얽혔지만 결국 아무 일도 일어나지 않았다. 이삭은 조금 멍한 듯 보였을 뿐 겉으로 보면 여전히 조용한 모범생이었고, 규철은 불량스러웠지만 본래 싸움에 능한 타입은 아니었기 때문이다. 먼저 시선을 피한 것은 규철이었다. 그러는 동안에도 이삭의 마음에서 떨어져 나간 한 조각은 그에게 무자비한 폭력을 행사하고 있었다.

돌이켜보면 그때 자신을 정말로 화나게 했던 것은 규철이 아니었을지도 모른다고 이삭은 고백했다. 이삭의 마음을 뒤흔들어놓은 것은 그때까지 그의 인생을 옥죄었던, 불확실하고도 실체를 알 수 없는 것들이었다.

내내 의심하고 있었지만 완전히 떨쳐낼 수 없었던 지옥과 처벌에 대한 경고들. 거기에 대체 어떤 의미가 있었던 것일까. 엄마가 직접 들었다던 신의 목소리와 약속의 정체는 무엇이었을까. 그건 혹시 엄마 혼자만의 착각이었던 것은 아닐까.

무엇보다 이해할 수 없는 것은 가족의 간절한 기도를 들어주기는커녕 바울과 아빠를 한꺼번에 앗아간 신의 의도였다. 이삭은 그 점을 조금이나마 이해해보고 싶었다. 하지만 역부족이었다. 애를 쓰면 쓸수록 어떠한 의도를 가진 것인지 짐작조차 할 수 없는 신을 믿어온 날들에 화가 치밀어오를 뿐이었다.

테이블 반대편에 앉은 이삭의 얼굴은 차분했다. 화가 나서 견딜 수 없었다는 말을 담담하게 내뱉는 그에게 무슨 말을 건네야 위로가 될지 나는 알 수 없었다. 그리하여 다만 이삭의 손과 내 손 사이에 놓인, 코끼리가 그려진 맥주병을 옆으로 치웠다. 그러곤 오른손을 뻗어 살그머니 그의 왼손을 잡았다. 술기운 때문인지 그의 손바닥에서는 훈훈한 열기가 느껴졌다.

오랫동안 염원하던 법안이 국민 투표를 거쳐 제정되는 것으로 가닥이 잡히자 할머니는 쾌재를 불렀다. 찬성 쪽이 수적으로 앞설 수밖에 없다는 이유에서였다. 나는 주말마다 덕수궁 앞을 가득 메우는 시위대를 떠올리지 않을 수 없었다. 하지만 언니는 가득이라고 해도 고작 만 명 안팎 아니냐며 코웃음 쳤다.

"언니, 그래도 막상 보면 겁나. 그 소리가 광화문까지 쩌렁쩌렁 울린다고."

"그거야 모여서 악을 쓰니까 그렇지. 악쓰는 소리가 광화문까지 들리는 거랑, 진짜로 광화문까지 사람들이 모이는 건 달라. 완전히 달라, 그건."

하긴 반대파 시위의 인파가 늘어나고 있다는 뉴스를 들은 기억은 없었다. 그 덕에 나는 안심하고, 투표장으로 향하기까지 뉴스에 신경을 끄고 살 수 있었다.

사실 나는 한 달 가까이 뉴스뿐 아니라 이삭에게 신경을 쓸 여력도 없었다. 건강 검진을 받은 엄마에게 갑상선암이 발견되어서 곧바로 수술 일정이 잡

혔고, 수술 후에 회복기를 거치는 일까지 몰아쳤기 때문이다. 엄마는 수술 직후에 극심한 피로감을 호소했다. 그러는 동안, 원래부터 감정 기복이 심한 엄마의 기분은 종잡을 수 없이 널뛰었다. 그래서 아빠와 나는 가급적 엄마의 신경을 거스르지 않도록 애쓰며 지냈다.

정신없이 지나간 그달의 끄트머리에 투표까지 마친 후에야 나는 드디어 한시름 놓을 수 있었다. 투표장에서 나오자마자 나는 이삭에게 시간이 되느냐고 물었다. 이삭에게서는 저녁에 다시 연락을 주겠다는 애매한 대답이 돌아왔다. 저녁에 만나자는 건지, 저녁이 돼봐야 안다는 건지 김이 샜지만 나는 일단 할머니 집으로 향했다. 할머니 집에는 개표 결과를 함께 보려는 가족들이 모여 있었다.

"엄마, 이렇게 다 같이 모여서 개표 방송 보니까 옛날 생각나지 않아?"

짐짓 가벼운 어투로 물었건만, 나를 돌아보는 엄마의 얼굴은 무표정 그 자체였다.

"옛날 언제?"

"십 년쯤 전에, 탄핵 있고 나서 대통령 선거 했을 때. 그때도 우리 여기 모여서 개표 방송 봤잖아. 치킨 먹으면서."

"그때 정말 굉장했지." 엄마 대신 작은이모가 맞장구쳤다. "시간이 어쩜 이렇게 빠르니. 그때가 지혜 너 첫 투표였지?"

"지혜가 아니라 제가 처음으로 투표한 때였어요."

언니가 나 대신 대답했다. 이모는 고개를 끄덕이더니 "그래도 우리 가족 중에는 찬성표가 더 많겠지?" 하고 속삭였다.

그날 할머니와 작은이모가 같이 사는 아파트에 모인 인원은 우리 가족 네 명에 큰이모와 이모부까지 총 여덟 명이었다. 그중에 확실히 찬성표를 던진 이는 할머니, 작은이모, 나와 언니, 투표 직전에 마음을 바꾸었다는 이모부까지 다섯 명이었다. 우리 집만으로 보자면 확실히 확보된 찬성표가 과반이었다.

내내 부엌일을 도맡아 하다가 막 소파에 앉은 큰이모의 표심은 짐작할 수가 없었다. 가족들이 이 문제를 두고 격론을 벌이던 때에도 늘 심드렁한 얼굴을 하고 있었기 때문이다.

반면 아빠는 반대하는 쪽이었다.

"아무튼 싫어. 꺼림칙하잖아. 악용되면 어떡할 거야."

그것이 아빠의 일관된 입장이었다. 엄마는 원칙적으로 찬성에 가까웠는데 갑상선 수술 후에 태도가 완전히 변해서 외려 할머니를 설득하려 들었다.

한편 이모부는 엄마보다 더 극적인 변화를 보였다. 투표 일주일 전만 하더라도 반대 입장을 고수했지만 지용이와 함께 한 편의 다큐멘터리를 본 이후 입장을 바꾸게 되었다는 것이다.

"저희도 그거 봤어요."

언니가 대꾸하자 이모부는 그쪽 집도 가족이 다 같이 보러 갔느냐고 물었다.

"아니요. 저랑 지혜랑 각자 봤죠." 나는 언니에게 재빨리 그만두라고 눈짓을 보냈지만 언니는 개의치 않았다. "지혜는 데이트로 봤구요."

"데이트?" 엄마는 소파에서 벌떡 일어날 기세였다. "지혜 너 사귀는 남자 있어?"

"남자는 무슨 남자. 없어."

"당장 보여달라고 안 그럴게. 있으면 말해봐."

"나도 있었으면 좋겠어. 없어, 진짜로."

당장 오늘 밤에 만날 수 있는지 어떤지조차 알 수 없는 상대를 엄마에게 알릴 수는 없었기에 나는 그렇게 말했다.

이삭과 다큐멘터리를 보았던 날이 떠올랐다. 그때 느꼈던 친밀감, 그의 손을 쥐었을 때의 따스한 감촉이 되살아나는 듯했다. 다만 엄마의 급작스러운 수술로 인해 만날 약속이 몇 번 미뤄지고 나자 그날의

온기는 어느새 사라져버리고 말았다. 하루에 한 번씩은 걸려오던 전화도 어느새 짧은 메시지를 주고받는 것으로 대체되었다.

"엄마, 들어봐. 그 영화 주인공 여자 사정이 진짜 불쌍해."

언니가 말머리를 돌리자 이모부가 이야기를 이어받아 엄마에게 다큐멘터리의 내용을 이야기해주었다.

"처제, 그 여자가 말이야, 자기 엄마 보내고 나서 하루라도 더 자기랑 같이 있으려고 그렇게 버티느라 마지막 그 순간까지 엄마가 얼마나 힘들었을까, 싶더래. 그러면서 반려견한테는 해준 걸 왜 엄마에게는 못 해줬는지 모르겠다고 그러는데 그것참 기분이 묘하더라고. 아주 짠하고, 찡하고 그렇더라고."

"그야, 아무리 자식같이 키웠기로서니 강아지랑 부모가 같겠어요."

할머니 옆에 바짝 붙어 앉은 엄마가 툭 던지듯 말하고는 텔레비전 화면으로 시선을 돌렸다. 이모부는 민망한 듯 입맛만 쩝쩝 다셨다. 그 틈에서 나는 이삭에게 오늘 만날 수 있냐고 다시 한번 메시지를 보냈다.

텔레비전 화면에 법안 통과가 확실시된다는 발표가 떴을 때 할머니는 이제 여한이 없다며 짝짝 소리 나게 손뼉을 쳤다. 두 눈에는 눈물이 맺혀 있었다. 엄마는 그리 좋으시냐고 물으며 할머니를 빤히 쳐다보았다.

"뭘 물어? 당연한 걸."

할머니는 싱글벙글이었다.

화면 속 아나운서는 십 년 전인 지난 2018년부터 시행되었던 일명 '웰다잉법'과 오늘 통과된 법안에 대한 차이를 설명하기 시작했다. 기존의 웰다잉법은 사망이 임박한 상태의 환자가 심폐소생술이나 인공호흡기 착용 같은 인위적인 연명 치료를 거부할 수 있도록 한 점이 주요 골자였다고 했다. 이와 같은 형

태는 임종을 목전에 둔 환자가 인간으로서의 존엄을 지키며 죽음을 맞이할 수 있도록 하는 최소한의 법적 장치였다고 아나운서는 덧붙였다.

그렇게 임종 과정에 돌입한 환자만을 대상으로 했던 기존의 제한이 완화될 것이라는 의학 전문 기자의 설명이 이어졌다. 육체적·정신적으로 지속적인 고통에서 벗어날 가망이 없는 상태, 삼 개월 이상의 숙려 기간, 자의에 의한 선택 등 실제적인 절차와 조건에 대한 안내가 화면을 가득 채웠다.

"맨날 저렇게 떠들기는 하는데, 그래서 한마디로 뭐가 어떻게 바뀐다는 거야."

아빠가 중얼거리는 소리를 들었는지 할머니가 혀를 찼다.

"자네는 모르면 딸내미들한테라도 좀 물어볼 것이지. 여태 뭐 하다가 못 알아먹은 채로 투표했어? 한마디로, 지금까지는 그야말로 오늘내일하는 사람만 해당됐던 거야. 숨넘어간다고 막 전기로 지지고 어쩌고 하는 거 있잖아. 그게 정 싫다면 안 해도 됐다고. 법이 딱 거기까지만 허락을 해줬단 말이야."

"예, 그렇죠."

"이제부터는 여기저기 아프고 힘들어서 나 죽겠다, 못 살겠다, 하는 사람도 차분하게 자기가 딱딱 계획 세워서 저세상 갈 수 있도록 허락을 해준다는 얘기야. 얼마나 좋아그래."

할머니는 끙, 하는 소리를 내고 일어나더니 함께 축배를 들자며 찬장에서 살구주를 꺼내왔다. 언니는 할머니의 과실주가 최고라며 잔을 날랐다. 위스키처럼 뿌연 금빛 술은 달콤한 향기가 났지만 온더록스로 마시기에는 묵직한 뒷맛이 부담스러웠다. 나는 잔에 사이다를 반쯤 섞었는데 그제야 술술 넘어가면서 내 입맛에 맞았다.

"지혜한테는 이게 좀 독한 모양이지?"

할머니가 물었다.

"아뇨 뭐…… 그냥 좀 시원하게 마시려고요."

우물쭈물 대답하자 큰이모가 나를 돌아보았다. 무표정한 얼굴로 한순간 시선을 던진 것일 뿐이었건만 어쩐지 석연치 않은 기분이 들었다. 물론, 그것은 그저 내가 꼬인 탓일 터였다.

그게 단지 내가 꼬여서만은 아닌가? 하는 생각이 든 것은 집에 돌아오는 길 차 안에서였다. 아빠는 "처형도 참 지독하셔. 언제까지 장모님이랑 데면데면하게 저러실 거래?" 하고 큰이모 흉을 보았다. 명색이 맏딸에, 봉사 활동을 그렇게 많이 나간다는 사람이 막상 자기 엄마는 여태 용서 못 하는 게 이해가 가지 않는다는 것이었다.

"왜? 큰이모가 할머니랑 무슨 일이 있었어?"

언니가 물었다.

"교회에서 장로씩이나 한다는 양반이 말이야. 성경에서도 사랑하라고 그러잖아. 하다못해 원수가 됐든, 바르샤바인이 됐든 사랑하고 용서하라고."

"웬 바르샤바. 예수님이 무슨 폴란드 사람이야? 바리새인이겠지. 아빠, 나도 알려줘. 할머니랑 큰이모랑 무슨 일이 있었는데?"

언니는 거듭 졸랐다.

"말도 마. 니네 큰이모가 지금 이모부랑 재혼할 때, 그때 아주 복잡했어요."

"여보! 그런 얘기는 뭐하려고 들쑤시고 그래."

엄마의 목소리에서 노기가 묻어났다.

"그렇지! 내 말이 그 말이야. 그때도 복잡했던 얘기, 이제 와서 꺼내봤자 골치나 아프지. 지경이 너도 괜히 그런 거 물어보고 그러지 마라. 아니 그런데 여보, 장모님 말이야……." 아빠는 혀를 내두를 만큼 자연스레 말머리를 돌리더니 질문을 이었다. "장모님은 도대체 언제부터 이렇게 되신 거야? 아, 우리 애들 어릴 때만 해도 무슨 일만 났다 하면 다 빨갱이들 때문이라고 그러셨잖아."

"무슨 소리야. 그건 생전에 아버지가 그러셨지. 우

리 엄마는 원래 그 정도는 아니었어."

"이대 뒤집어졌을 때 기억나, 아빠? 학생들이 들고일어났을 때. 그때부터 확 바뀌신 거야."

내가 첨언하자 아빠의 목소리가 대번에 커졌다.

"그럼 그게 벌써 한 십 년은 된 거구만. 너도 기억력이 아주 괜찮다야."

아빠는 그러더니 평양냉면이 먹고 싶다고 화제를 돌렸다. 그래서 나는 지금과 달리 그때까지는 할머니 집이나 밥집에 가는 게 고역이었기 때문에 잊히지 않는다는 말은 생략했다.

그 당시 무엇보다 괴로웠던 것은 쩌렁쩌렁 들리는 텔레비전의 소음이었다. 작은이모도 노이로제가 걸릴 지경이라고 말하곤 했다. 손님들도 종종 채널을 바꿔줄 수 없느냐고 요구했지만, 할머니는 그때마다 볼륨을 줄이는 선에서 타협을 보았다. 뉴스는 귀에 쏙쏙 박히도록 쉽게 풀어주고 사이사이 건강 정보 프로그램이 알차게 배치된 터라 대체할 채널이 없다는 게 할머니의 변이었다.

그러던 어느 날, 뉴스 화면을 보며 "어쨌든 간에 기약 없이 이렇게 마냥 어수선하게 있을 수만은 없는데"라고 하는 할머니에게 작은이모는 역정을 내고 말았다고 한다.

"엄마, 평소엔 말이 씨가 된다며. 보는 사람이 지치니까 그만하라는 그런 말이 어딨어?"

할머니는 한숨을 내쉬고는 몇 달간 계속 매상이 얼마나 줄었는지 상기시켰다. 하지만 작은이모도 물러서지 않았다. 어찌 됐든 우리 집에도 피해를 미치니 대충 수습하라는 말이냐고, 불의에 맞서는 학생들에게 도움이 되지는 못할망정 창피한 줄 알아야 한다고 말이다.

전하려는 뜻이야 뭐든 간에 '창피하다'라는 말을 입에 올린 데 대해 작은이모는 이튿날 할머니에게 사과했다. 그날부터 할머니는 식사를 마친 학생들에게 상황이 어떻게 돼가고 있는지, 앞으로는 어떻게 될 것 같은지 물어보기 시작한 모양이었다. 하는 데까지는 해봐야 한다는 학생도 있었고, 실은 잘 모르겠다고 말하는 학생도 있었다. 그런가 하면 한 무리의 학생들은 계산대 앞에 선 채 할머니의 손까지 붙잡고 끝까지 맞설 거라며 열변을 토하더라는 것이었다.

얼마 지나지 않아 할머니는 식당에 종일 틀어두던 텔레비전을 팔아버렸다. 그러곤 단골 학생들에게 앞으로는 어떻게 될 것 같으냐고 꾸준히 물었다. 한번은 내게도 같은 질문을 던졌다.

할머니의 세계관이 변하기 시작한 시점은 바로 그때부터였다. 예나 지금이나 할머니가 당신 자신을 '애국자'라고 생각하는 데는 바뀐 점이 없지만 '대한민국'을 사랑하는 방식은 획기적으로 변한 것이다.

엄마는 우리가 하는 이야기에 끼어들지 않고 그저 인상만 쓰고 있을 뿐이었다. 할머니 앞에서는 엄마 보내면 나는 어떻게 사느냐며 큰소리를 내기도 했지만, 어디까지나 그건 엄마와 할머니 둘 사이의 문제인 듯했다.

"아무튼, 장모님은 예나 지금이나 별나셔 정말. 아주 별나게 별나셔."

아빠가 할머니 흉을 보는 얘기에 엄마는 한마디도 말을 보태지 않고 내내 창밖만 바라보았다.

이삭에게서는 그때까지도 답이 없었다. 무슨 일이라도 있는지, 내가 보낸 메시지조차 읽지 않고 있었다. 그대로 집으로 들어가면 계속 이삭의 연락만 기다리게 될 것 같아서 나는 중간에 차에서 내렸다. 그러곤 역 주변을 어슬렁거리다가 고소한 커피 향에 이끌려 작은 카페 안으로 들어갔다.

그곳은 테이블 사이의 간격이 좁아서 옆자리에 앉은 노부부의 말소리가 그대로 들렸다. 대략 육십 대 후반쯤으로 보이는 두 사람은 "건배" 하고 속삭이며 서로의 손에 든 찻잔과 맥주병을 가볍게 부딪쳤다. 아내가 미소 짓자 남편도 따라서 웃었다. 웃는 눈매가 무척 닮아 있었다. 두 사람은 올해 휴가 계획에 대해서 이야기했고, 남편은 이제 법안도 마련됐으니 여행지에서 수명 계획을 세워보자고 했다.

"그건 좀 이르다 여보. 한 십 년은 더 있다 해도 돼."

아내가 말했다.

"하긴, 이제 급할 거 없지."

남편도 아내의 말에 동의했다.

나는 카페인이 들어 있지 않은 허브차를 마시며 부부가 자리에서 일어날 때까지 그들의 이야기를 들었다. 그러다 옆자리가 비었을 때 휴대폰을 꺼내 들었다. 이삭은 여전히 내가 보낸 메시지를 읽지 않았다. 전화를 걸어보았더니 휴대폰이 꺼져 있다는 안내 음성이 들렸다.

그러지 않아도 되는데. 나는 한숨이 나왔다. 관심이 없으면 없다고, 내가 귀찮으면 귀찮다고 있는 그대로 얘기해주면 될 텐데. 하긴, 이삭이라면 거절의 의사를 밝히는 것 역시 낯선 일일지도 모른다는 생각이 그제야 들었다. 나에 대한 감정 또한 불확실할 게 빤했으니까.

그의 삶을 흔들어놓는 것이 바로 그 불확실성이라는 것은 자명했다. 그렇다면 거기에 군이 나의 존재라는 변수 하나를 더할 필요는 없을 것이다. 나는 찻잔을 들어 남아 있는 차의 마지막 한 모금을 마셨다. 손끝까지 차갑게 식는 기분이었다. 나는 그만 집에 돌아가겠다는 말만 적어 메시지를 보냈다. 본격적으로 만남을 이어간 사이가 아니라 따로 이별의 말을 건넬 필요는 없을 것 같았다.

집 안에 들어서자 식탁 앞에 앉아 영어와 불어 단어를 외우고 있던 언니가 나를 반겨주었다. 두 눈에 졸음이 가득한 얼굴로 언니는 함께 야식을 먹지 않겠느냐고 물었다.

"야식도 좋고 해외 취업도 좋은데 오늘은 그만 자. 지금 본다고 머리에 들어가겠어?"

"안 돼. 이번 주에 공부한 거 정리할 시간 오늘밖에 없어."

"나만 놔두고 정말 또 가는 거야?"

"내가 어디 가든 맨날 연락할게. 그러니까 이제 그만 받아들여."

연신 하품을 하는 와중에도 언니는 흔들림 없이 말했다.

그날 밤, 나는 쉽게 잠을 이룰 수 없었다. 언니에 비하면 하루하루를 무의미하게 흘려보내는 나 자신이 초라하기만 했다. 이십 대도 이제 얼마 남지 않았다는 생각이 들어 초조했다. 최소한 서른이 될 때까지는 직장에서 어느 정도 인정을 받아야 하지 않을까. 집에서 독립하여 내 생활을 혼자 꾸려보고도 싶었다. 손에 잡히는 확실한 목표는 일단 그 두 가지였다. 당분간 마음을 어지럽히는 어떤 것에도 관심을 주지 말자고 나는 굳게 마음먹었다. 그러기 위해 할 일이 있었다. 나는 침대에서 벌떡 일어나 가장 먼저

휴대폰에서 이삭의 연락처를 지워 없앴다. 그 순간
에 느낀 섭섭한 감정도 계절이 바뀌어가는 동안 점
점 흐릿해졌다.

*

그로부터 삼 년이 흐르는 동안, 우리 가족이 미리
겪은 일을 경험하게 된 집들이 눈에 띄게 늘었다. '건
강 상태를 고려하여 앞으로 십 년에서 십오 년 안에'
하는 식으로 느슨한 단서를 다는 경우가 많기는 했
지만, 어쨌든 가족들 앞에서 공식적으로 수명 계획을
발표하는 사람들이 점차 증가한 것이다. 그러한 현
상과 관련한 보도도 쏟아져 나왔다. 일찌감치 계획
을 세워두었던 할머니는 호들갑 떨 일도 많다며 의
아함을 내비쳤다.

"원래 사람이 자기 살날 다 살면, 자기 죽을 날을
아는 거야. 병원 들어가서 장사 지내고 그러기 시작

한 지 백 년도 안 됐는데 원."

할머니의 담대함을 반의반이라도 물려받았더라면 나는 그사이에 본가에서 독립해 나왔을 것이다. 하지만 똑 부러지는 기질을 물려받은 것은 아마도 언니뿐인 것 같다. 사실 그간 우리 집에 생긴 가장 큰 변화의 주인공은 할머니가 아니라 언니였다.

북미 쪽으로의 취업을 노리던 언니는 지난해 이직에 성공하여 캐나다로 떠났다. 이십 대 초반에 뉴질랜드에서 어학연수를 하고, 취업 전에 반년 동안 남미 여행을 다녀온 언니가 또다시 새로운 대륙에서 자리를 잡는 동안, 내게 생긴 변화라고는 어플로 혼자 살 만한 원룸을 구경하는 취미가 생긴 것뿐이었다. 그동안 직장 생활은 익숙해지다 못해 다소 권태로워졌다. 매일이 엇비슷했다. 그러는 동안 이삭에게는 단 한 번도 연락이 오지 않았다. 모르는 번호로 전화가 걸려와서 혹시나 싶었지만 번호의 주인공은 생뚱맞게도 규철이었다.

언니는 캐나다로 이주한 뒤 일 년간 눈코 뜰 새 없이 바쁘다며 내가 보낸 메시지에 답하는 것도 잊더니 요새 들어 부쩍 연락이 늘었다. 나와 시간이 맞을 때는 곧잘 영상 통화를 걸어오기도 했다.

언니는 완벽하지 않은 영어로 서러운 일을 겪을 때도 있고 때로 진상 환자도 겪게 되지만, 넘어졌을 때 일어나 모래를 털어내듯 탁탁 털어내면 그만이라고도 말했다. 자신만만한 목소리를 듣자 그래, 이래야 우리 언니지, 하는 생각이 들었다.

언니는 외가의 첫 손녀였다. 엄마는 세 자매 중 막내였지만 큰이모의 임신과 출산이 엄마보다 늦었고, 작은이모는 지금도 싱글이기 때문이다. 게다가 어렸을 적에 유달리 잔병치레가 잦았던 탓에 모든 일가친척에게 특별한 관심과 사랑의 대상이었다.

이름만 하더라도 그렇다. '문지혜'라는, 평범의 극치인 내 이름과 비교하면 돌림자인 '지' 자에 빛날 '경' 자를 써서 '문지경'이라는 언니 이름은 어디서

나 이목을 끌었다. 물론 특이한 이름 탓에 학창 시절 내내 '이 지경, 저 지경, 문지경', '돌아버릴 지경', '너 땜에 미추어버릴 지경' 등등 숱한 놀림에 시달렸지만 기죽기는커녕 자기 별명을 먼저 개그 소재로 사용할 만큼 호탕했다. 나와 달리 눈치 보며 쭈뼛거리는 법이 없었고, 쾌활한 데다 사교성도 좋아서 친구들 사이에서도 항상 인기가 많았다.

"언니, 거기에서도 벌써 친구 많이 사귀었겠네?"

"조금? 그래도 너희 꼬맹이 친구들에는 못 당하겠지."

언니가 말하는 꼬맹이 친구들이란 내가 영양사로 근무하고 있는 초등학교에 재학 중인 아이들을 지칭한다. 하지만 아이들은 채소 반찬이 싫다고 항의할 때 외에는 영양사인 내게 아무런 관심이 없었다. 나 또한 처음 학교에 출근하던 때에 비하면 기계적으로 업무를 처리하고 있으니 피차일반인 노릇이긴 했다.

"언니, 일하다가 매너리즘에 빠진 것 같으면 어떻게 해야 될까?"

"건설적으로 풀려면 일하고 관련된 봉사 활동 같은 걸 하면 좋지."

실로 모범적인 언니의 대답에 나는 어안이 벙벙했다. 그런 내 모습에 괜히 겸연쩍었는지 언니는 돌연 "아! 할머니 자두주 마시고 싶어!" 하고 외쳤다. 언니는 와인보다 도수가 높지만 목 넘김이 부드러워서 조금만 마셔도 기분 좋게 취할 수 있다는 게 직접 만든 담금주의 장점이라고 했다. 게다가 숙취도 가볍다는 것이다. 캐나다로 가기 전에 몇 병 얻어오지 못한 게 한이라며 언니는 입맛을 다셨다.

"할머니가 올해 연세가 어떻게 되시더라?"

언니의 질문에 나는 잠깐 기억을 더듬어보았다. 국민 투표가 있던 해에 "나도 벌써 여든다섯이다"라고 했으니 올해 여든여덟이었다.

"벌써? 그럼 이제 금방 아흔이 되시는 거잖아. 이

다음에 들어가면 술 담그는 것 좀 보고 배워야겠다. 아니야, 그때까지 언제 기다려. 지혜야 네가 좀 배워 봐. 응?"

"귀찮아."

"에헤이, 괜히 반항하지 말고. 그거 며칠 안 걸려. 그렇게 귀찮은 게 많아서 병원은 갔어? 아직도 안 갔지?"

"왜 얘기가 거기로 튀어?"

잊을 만하면 한 번씩 속 쓰림에 잠을 설치니 병원에 가기는 가야 할 것이다. 하지만 주삿바늘을 떠올리는 것만으로 심장이 조여드는 것만 같아 발걸음이 떨어지지 않았다.

어릴 때는 어른이 되면 자연히 주사에 대한 공포가 사그라질 것이라고 기대했지만 서른을 넘긴 지금도 주사를 맞는 것은 여전히 무섭다. 그나마 어렸을 때는 최소한 행선지를 모른 채 병원 앞에 당도한 뒤에야 공포를 느꼈다면, 지금은 병원으로 향하기 전부터 언젠가는 가야 한다는 부담감과 스트레스가 쌓이고 비용도 스스로 부담해야 하니 상황은 더 나빠진 것인지도 모른다. 그러고 보면 나이가 듦에 따라 자연히 쉽고 편해지는 것은 생각보다 많지 않은 것 같다.

"잔소리나 할 거면 이제 전화하지 마."

언니는 내 말을 듣고 깔깔거리며 웃더니 정말 보름이 넘도록 전화가 없었다. 그만한 투정을 들었다고 기분이 상했나 싶어서 신경이 쓰였음에도 먼저 연락할 수 없었던 이유는 물론, 아직 병원에 가지 못했기 때문이었다.

그러던 어느 날, 언니가 캐나다에 간 뒤 처음으로 국제 택배를 부쳐 왔다.

언니가 보낸 작은 상자 안에는 울 스카프 두 장과 상자에 든 단풍잎 모양의 초콜릿, 그리고 아이스 와인 한 병이 들어 있었다.

엄마는 언니가 보내온 스카프를 두르고 거울에 자신의 모습을 비춰 보며 아이처럼 좋아했다. 핑크 빛이 은은하게 감도는 베이지 컬러가 피부 톤을 화사하게 밝혀주었다. 엄마도 내 의견에 동의했다.

"지경이는 전부터 손수건 한 장을 골라도 센스가 좋았잖니."

어쩐지 그 말 앞에 '너랑은 달라서'라는 말이 생략된 것처럼 들렸다. 넘겨짚는 것에 불과하지만 느낌이 그랬다.

택배를 잘 받았다는 인사는 해야 할 것 같았기에, 나는 그날 밤 언니에게 전화를 걸었다. 스카프는 엄마와 아빠의 몫, 초콜릿은 내 것이라고 써놓고 아이스 와인은 누구 몫인지 비워놓은 이유가 뭐냐고 물었더니 언니는 장난스러운 표정을 지었다.

"아니 뭐, 할머니 가져다드리고 뵈러 가는 김에 담금주나 배워보라는 거지."

"당뇨 때문에 관리하시는 분한테 무슨 아이스 와

인이야."

"그러니까 향이랑 맛이나 보시게 하고 가져가서
네가 마셔. 그거 나이아가라 폭포 물 맞은 포도로
만든 거야. 맛있겠지?"

"몰라, 귀찮아."

퉁명스럽게 대답했음에도 불구하고 언니는 소리
내 웃었다. 어째 언니는 요새 웃음이 좀 헤퍼진 것
같았다. 하지만 통화를 마치기 직전에는 잊지 않고
잔소리를 늘어놓았다.

"너 여태 나한테 연락 못 했던 거 보니까 아직 내
시경 안 했지? 야, 진짜 내가 엄마한테 지금이라도
메시지를……."

"알았다고, 문 간호사. 간다고, 가!"

잔소리가 더 길어질까 싶어서 나는 결국 백기를
들고 말았다.

항복하는 김에 돌아오는 주말에 찾아뵙겠다고 할
머니에게 연락을 했다. 그런데 뜻밖에 곤란하다는

대답이 돌아왔다. 바빠서 시간이 안 난다며 다음 주에 오라는 것이었다. 지금도 할머니가 바쁠 일이 있구나, 싶어서 나는 새삼 놀랐다.

"어떻게 이렇게 기특한 생각을 했어? 여태 말이야, 우리 가족이고 남이고 간에 핑계만 있으면 와서 인삼주니 과일주니 가져가는 일이야 많았지, 나한테 한 병 가져다줄 생각을 한 건 내 평생 우리 지혜가 처음이야."

할머니는 상기된 얼굴로 언니가 보내준 와인 병을 들어보며 말했다. 나는 그저 전해드리는 것일 뿐 언니가 부쳐 온 것이라고 고했다.

"그래, 넌 참 어릴 때부터 꾸밈없이 솔직했어."

연거푸 칭찬을 듣자 차마 담금주를 몇 병 얻어가고 싶다는 말이 나오지 않아서 나는 우물쭈물하며 집안을 둘러보았다.

"그나저나 너희가 술 담그는 걸 배우고 싶다고?"

냉장실 채소 칸에는 자두가 한가득 들어 있었다. 붉은 표면에 윤기가 도는 싱싱한 자두는 얇은 껍질을 살짝만 건드려도 과즙이 흘러내릴 듯했다. 나도 모르게 입안에 침이 고였다.

　　할머니는 질 좋은 자두를 구할 수 있는 시기가 짧아서 안 그래도 오늘이나 내일 중에 술을 담그려던 참이었다고 했다. 운이나 떼보려고 한 것일 뿐 오늘 당장 일을 벌이려던 것은 아니었지만 도리가 없었다. 나는 손을 씻고 나와서 메모지와 펜을 찾았다.

　　"뭐 적을 것도 없어. 하자고 맘만 먹으면 간단해."

　　할머니는 우선 반쯤 물을 받은 대야에 식초를 넉넉히 붓고는 그 위에 자두를 살그머니 쏟아 넣었다. 과일은 꼼꼼하게 씻되 물러지지 않도록 해야 한다고 했다. 싱크대 앞에 선 할머니는 자두 하나를 집어 올린 뒤 표면에 상처가 없는지 살폈다. 흠집 없이 잘 익은 것이면 물줄기를 가늘게 한 흐르는 물에 살살, 꼭지 부분은 평소보다 꼼꼼히 체크하며 씻으라고도 덧붙였다. 시범을 보이는 할머니의 움직임이 얼마나 조심스럽고 천천히 이루어지는지 언젠가 자연 다큐멘터리에서 보았던 나무늘보의 움직임이 떠오를 지경이었다.

"이렇게 씻었으면 이제 여기에 하나씩 올려서 말려야……."

할머니가 방금 씻어낸 자두를 채반 위에 올리려던 순간, 할머니 손에서 자두가 미끄러져 툭, 하고 부엌 바닥에 떨어졌다. 바닥과 부딪친 면이 물러졌지만 손톱만 한 크기에 불과했는데도 할머니는 고개를 저으며 무른 것은 쓸 수 없다고 했다. 그러곤 오른손 끝을 만지작거렸다. 오늘따라 손끝이 저리다는 것이었다.

"할머니 앉아 계세요. 이제 이건 제가 할게요."

할머니는 구부정하게 식탁 의자에 앉아서 한동안 아무 말이 없었다. 나는 무슨 생각을 하시느냐고 물었다. 그러자 할머니는 싱크대 앞에 선 내 뒷모습을 보고 있노라니 큰이모가 생각난다고 했다. 나를 보고 우리 엄마도 아니고 큰이모를 떠올리다니 의아했는데 다음 순간 이해가 갔다.

"하긴 저도 큰이모는 일하는 뒷모습을 더 많이 본 것 같아요. 다 같이 모였을 때도 요리고 설거지고 큰이모가 다 맡아서 하시잖아요."

여태 그 점을 이상하게 생각한 적은 없었다. 작은이모는 식당을 꾸리느라 평소에도 부엌일을 많이 하고, 우리 엄마는 막내라서 빈둥거리는 걸 봐주다 보니 자꾸 혼자 일을 하는 건 줄 알았던 것이다. 그런데 문득 예전에 아빠가 한 얘기가 생각났다.

확실히 큰이모는 다른 곳에서 볼 때와 달리 할머니 집에 오면 우선 말수가 없어졌다. 특히 할머니하고 대화하는 모습을 본 기억은 거의 없다시피 했다. 문득 뒤를 돌아보자 쓸쓸한 얼굴로 바닥을 내려다보고 있는 할머니의 모습이 보였다. 잠시 뒤 물소리가 그친 것을 알아챈 할머니가 고개를 들어 나와 눈이 마주쳤다. 할머니는 입이 자꾸 마른다며 물컵을 쥐었다.

소독한 병을 마른행주 위에 엎어놓고, 자두를 넓은 채반에 늘어놓는 것으로 오늘의 할 일을 마쳤다. 그러고 나니 낮잠이 절실했다. 다행히 저녁 약속까지는 시간 여유가 좀 있었다. 잠깐 눈을 붙이고 가도 되느냐고 물었는데, 안방에 들어간 할머니는 대답이 없었다. 그러더니 잠시 뒤에 외출 준비를 한 모습으로 나왔다.

"나가는 길에 할미 좀 태워줄 수 있지? 자율 주행이니 뭐니 영 찝찝해서."

"네. 그런데 바로 나가시려고요? 할머니 요새 엄청 바쁘시네요."

"말도 마라. 영감 보낼 때 반은 해뒀다고 생각했는데 아직도 할 일이 태산이야."

할머니는 종종걸음으로 현관 앞으로 향했다. 아쉽지만 나도 따라나설 수밖에 없었다. 구둣주걱을 찾아 신발장 문을 열자 그 안은 절반 가까이 비어 있었다.

　이튿날에는 눈을 뜨자마자 할머니 집으로 향했다. 토요일에 일찍 일어난 것이 몇 년 만의 일인지 기억도 나지 않았고 할머니 집에 도착해서도 끊임없이 하품이 나왔지만, 다음 과정은 더욱 간단했다. 물기가 완전히 마른 자두를 소독한 병에 조심히 채워 담고 담금주용 소주를 부어 밀봉하기만 하면 되었다. 분명 간단한 과정이었는데 애매한 자세로 반복하다 보니 허리가 뻐근해서 힘들어 죽겠다는 소리가 절로 나왔다.

　"말이 씨가 된다고 죽기는 왜 죽어 네가. 그런 소리 마라."

　나는 술병에 붙여두기 위해 라벨지에 오늘 날짜를 쓰면서 고개를 끄덕였다. 그 순간에도 하품하느라 눈가에 눈물이 맺힐 지경이었다. 할머니는 가볍게 요기나 하고 가라며 호박죽을 내왔다. 호박죽과 어울리는 것은 아니지만 반주도 곁들였다. 언니가 보낸 아이스 와인을 개봉한 것이다. 내 앞에 놓인 것은 와인 잔이었지만 할머니는 소주잔에 반만 채워서 몇 번이나 깊숙이 숨을 들이마시며 향을 음미한 뒤에 두 번에 나눠서 아껴 마셨다.

"의사들이야 술은 무조건 마시지 말라고 그런다만 이 정도는 괜찮겠지."

고작 아침 열 시, 죽으로 데운 몸에 진하고 달콤한 술이 들어가자 식도부터 위장까지 찌릿찌릿한 열기가 느껴졌다. 그리고 나니 외려 잠이 좀 깨는 것 같았다. 부옇던 정신이 맑아지면서 일순간, 어제부터 어딘지 모르게 석연치 않게 느꼈던 점이 단박에 정리되었다. 여태 눈치를 못 챈 나 자신이 한심했다. 빠르게 두근거리는 심장 박동을 느끼며 나는 할머니를 불렀다.

"할머니…… 혹시 전에 말씀하신 계획, 이제 진행

하시는 거예요?"

"그래. 안 그래도 이제 얘기를 할 때가 됐다 싶었지." 할머니는 순순히 사실을 인정했다. "아직 날짜까지 잡은 건 아니고, 계획 짜고 서류는 준비하고 있는데, 글쎄 한 반년쯤 후면 적당하겠지. 아직은 니네 작은이모만 안다."

나는 일단 술을 한 모금 더 마셨다. 순간 제일 먼저 떠오른 것은 엄마였다. 엄마가 이 사실을 어떻게 받아들일까 하는 걱정으로 가슴이 죄어오는 것만 같았다. 할머니는 내 생각을 읽은 듯 혀 차는 소리를 냈다.

"니네 에미가 제일 걱정이야. 지혜야, 할미는 말이야, 실은 법만 통과되면 이듬해에 바로 진행하고 싶었다. 그래도 일단 자식이 아직 회복을 못 했네 어쩌네 하는데 그 앞에서 나 먼저 가겠다고 할 수가 있어야지. 이제는 니네 에미도 관리만 잘하면 된다고 그러지 않던? 그래서 날짜 잡으려는 거야. 자식이라는 게 이렇다. 가는 날까지 이렇게 눈치 볼 일이 생기는 거야. 하기사 너는 결혼 생각도 애 생각도 없다니 이런 고민은 안 해도 되겠다마는."

맞는 말이라고 고개를 끄덕일 수는 없었다. 눈물이 핑 돌았다. 나는 지금까지 한순간도 할머니의 선택을 지지하지 않은 적이 없었다. 하지만 이후에 벌어질 일에 대해 온전히 다 알지 못한 채 말이 앞섰을지 모르겠다는 생각을, 그 순간 처음으로 했다. 할머니는 말수가 없어진 나를 물끄러미 들여다보았다. 나는 당장 아무 말도 할 수 없었다. 다음 순간, 내 눈에 들어온 것은 할머니의 손이었다. 할머니는 무릎 위에 가만히 손을 올려놓았는데 손끝이 미세하게 떨리고 있었다. 내 시선을 의식했는지 할머니는 천천히 고개를 들었다.

"지쳤다. 이제 정말 숟가락 들 힘도 안 남았어."

그렇게 말한 뒤에, 할머니는 혀끝으로 바싹 마른 입술을 훔쳤다. 물을 가져오면서 나는 여태껏 뉴스나 인터넷에서 접한 여러 가지 기사, 그 안에 등장하던 죽음을 떠올렸다. 일상생활을 유지할 기력조차 남지 않은 쇠약한 육체로 고통스러운 하루하루를 보내고 있다면, 그 삶을 스스로 종결짓는 것에 타인이 왈가왈부할 수 없는 일이라고 나는 생각해왔다. 하지만 할머니가 곧 일정을 잡을 거라는 이야기를 듣고도 그렇군요, 지쳐 보이시네요, 그럼 안녕히, 하고 돌아갈 수는 없었다.

할머니는 말을 고르고 있는 내게 안방에 가서 침대 옆에 있는 바구니를 좀 가져와달라고 했다. 플라스틱 소재로 된 하얀 바구니는 한 뼘이 조금 넘는 크기의 것으로 내부가 세 칸으로 나뉘어 있었으며 그 안에는 약봉지들이 있었다. 첫 번째 칸에 든 것은 당뇨약일 터였다. 전부터 할머니가 복용하던 약이었다. 두 번째 칸에는 다갈색의 타원형 알약과 흰색 알약이, 세 번째 칸에는 각각 색과 모양이 다른 세 종류의 알약이 가득 들어 있었다.

"이게 다 지금 드시는 약이라구요?"

나는 의아함을 감출 수 없었다. 각 칸마다 몸살감기약 일주일 분량은 되는 약이 들어 있었기 때문이다.

"그래. 그냥 먹기만 하면 되는 것도 아니고 하나하나 시간 맞춰서 먹어야 돼. 그런다고 나을 것도 아니지만."

"그런데 할머니, 전에는 이렇게까지……. 이게 다 당뇨약이에요?"

잔기침을 한 뒤에 할머니는 내가 집은 약봉지를 가리키며 말을 이었다.

"당뇨는 거기 첫 번째 칸만. 지금 그건 파킨슨 약이야."

"파킨슨병이요?"

"그래. 애당초 나으라고 약을 주는 게 아니라 더 심해지지는 말라고 먹는 거라더라. 어쨌거나 당장에는 휠체어 신세는 면하게 해준다 그거지. 그런데 또 며칠 있다가 자리보전하게 돼도 이상할 게 없다는

77

거야. 잠자리 들어서 혼자 돌아눕는 것도 힘에 부치니 그렇기도 하겠지." 할머니는 잠시 기다리라는 손짓을 하더니 마른 입술을 축였다. "이러다 보면 결국 병원에 들어가게 되지 않겠니? 나는, 병원 침대에서 죽기 싫다. 누가 뭐래도 그건 싫어."

할머니는 오랫동안 당뇨만큼 사람을 지치게 하는 게 없다고 여겨왔는데 그것은 착각이더라고 했다. 지금은 하루 종일, 팔과 다리가 떨리거나 저리거나 쑤시지 않을 때가 한순간도 없다는 것이다. 뿐만 아니라 항상 갈증에 시달리고, 약의 부작용인지 자주 메스꺼움을 느끼며, 시력도 전에 없이 나빠졌다는 게 할머니의 설명이었다. 할머니는 자신의 몸을 여기저기가 해지고 찢긴 옷에 비유했다. 다 떨어진 옷을 억지로 기워 입듯이 매일 자신의 몸을 약으로 기워 나가고 있다는 거였다.

"이 몸으로 살날은 이제 다 살았어. 내가 질 짐도 이만하면 다 졌고. 내가 알아."

아랫입술이 바싹 말라 보였기에 다시 한번 물을 챙겨주고 집을 나서면서, 앞으로는 언니 몫까지 더 자주 찾아뵙겠다는 약속을 했다. 내가 할 수 있는 것은 그 정도뿐이었다.

밖으로 나오는데 할머니가 왼쪽 다리를 끌듯이 걷는 게 보였다. 보폭도 작아서 지금까지 부자연스럽다는 점을 의식하지 못한 게 기막힐 정도로 불편해 보이는 걸음걸이였다. 언니라면 진작 눈치챘으련만. 나는 얼마나 형편없이 부주의한 사람인가 싶어서 스스로에게 화가 났다.

집에 돌아와서 파킨슨병에 대해 검색해보았다. 그러나 인터넷 검색으로 알 수 있는 정보에는 한계가 있었다. 관리만 잘하면 진행을 늦춰서 수명에 직접적인 영향을 주지는 않는다는 이야기가 보이는가 하면, 파킨슨병 환자는 일반인에 비해 자살률이 두 배에 달하고 우울증이나 치매가 더불어 발병하는 경우가 다수라는 기사도 있었다.

획기적인 뇌수술법, 신약 개발 등을 통해 완치의 실마리를 잡았다는 기사는 십여 년 전부터 다양하게 존재했다. 하지만 하나같이 예상과 전망일 뿐, 최근까지도 완치했다는 기사는 보이지 않았다. 나는 스마트폰을 내던졌다가 다시 주워서 언니에게 메시지를 보냈다. 파킨슨병이라는 게 몸의 근육이 점차 굳어가는 병이 맞느냐고 물었다. 답을 기다리다가 속이 타서 전화를 걸었다.

"자려고 누운 줄 어떻게 알고 딱 맞춰서 영상 통화를 걸었네? 응, 비슷하긴 해. 근데 좀 더 구체적으로 말하자면, 근육도 지가 그냥 움직이는 게 아니라 뇌에서 신경 세포를 가지고 통제하는 거거든. 그런데 그 신경세포가 병들고 사멸하고, 그러다 보니까 몸이 자기 의지대로 통제가……"

졸음이 뚝뚝 묻어나던 언니의 목소리가 갑자기 멈췄다.

"너 이거 왜 물어보는 거야? 누구 얘기야?"

언니가 초조한 얼굴로 물었다. 나는 할머니의 구부정하게 앉는 자세, 한쪽 발을 끄는 듯한 걸음걸이, 과일을 씻는 느린 움직임에 대해 본 대로 이야기했다. 언니는 굳은 표정으로 잠시 생각에 잠겼다. 이미 상당히 진행된 것이냐고 묻자 언니는 깊은 한숨과 함께 그렇다고 대답했다.

계절이 여름을 지나 가을로 넘어가는 동안 나는 대략 열흘에 한 번꼴로 할머니 집을 찾았다.

할머니가 유언 공증을 화상 통화로 진행해주는 법률 사무소를 찾는다 하기에 목록을 뽑아주고, 베란다에 놓인 화분의 분갈이를 거든 것 정도가 내가 드린 도움의 전부였다. 그 외에 한 일이라고는 당분이 적은 야채 스틱 따위의 간식을 집어 먹으며 할머니의 옛날이야기를 듣는 것뿐이었다.

할머니는 오 남매 중에 셋째로 태어났고, 큰언니와 가장 사이가 좋았다고 한다. 그런데 할머니의 큰

언니는 중학교를 졸업하자마자 식모살이를 하러 먼 친척 집으로 떠나야 했다.

"너희 또래는 아마 식모라는 게 뭔지 모르는 경우도 많을걸."

할머니가 말했다.

"알죠. 책 같은 데서 봤어요. 지금 급식 먹는 애들은 아마 못 들어봤을 것 같긴 하지만요."

할머니는 고개를 끄덕이더니 이모할머니가 그 어릴 때부터 고생이 이만저만이 아니었다고 했다.

그 모습을 보고 자란 할머니는 자신의 세 딸에게는 부모의 가난으로 고생스러운 유년 시절을 겪게 하지 않겠다는 일념으로 식당 일에 전심을 다했다. 돌이켜 생각해보면 그러느라 딸들에게 미안한 점도 많았다는 게 할머니의 소회였다. 우선 큰이모에게는 철들기도 전에 동생들을 돌보는 부담을 느끼게 한 점에서, 학창 시절에 사생 대회에만 나가면 상을 받아오며 미술에 소질을 보였던 작은이모에게는 적성을 살릴 수 있도록 제대로 뒷받침해주지 못했던 점에서 안타까움을 느낀다는 것이었다. 이야기가 나온 김에 큰이모와 어떤 일이 있었던 건지 물어볼까 싶었지만, 씁쓸해 보이는 할머니의 얼굴 앞에서 나는 궁금증을 마음 한구석에 밀어둘 수밖에 없었다.

"저희 엄마한테도 미안한 일 있으세요? 엄마 성격상 별로 그럴 만한 일이 없으실 것도 같고요."

"글쎄다. 어릴 때부터 편식하는 걸 제대로 옆에서 못 봐준 거. 그게 좀 걸리지 항상."

할머니는 밥에서 콩을 좀 골라내는 수준을 넘어서 폭넓고도 그악스럽게 편식을 하는 것은 보통 심각한 문제가 아니라고 덧붙였다.

"그럼요 할머니. 그건 너무 잘 알죠, 저도."

2학기가 시작한 이후로 나는 새삼 매콤 달콤한 소스의 막강한 힘을 느끼고 있었다. 물론 재료 본연의 맛을 가리는 진한 소스를 자주 쓰는 것은 반칙이다. 하지만 맹렬하게 채소를 골라내는 초등학생들에게 채소를 먹이기 위해서는 반칙을 활용할 수밖에 없었다. 두부부침을 남기던 아이들이 강정의 형태로 만들어 양념치킨 소스를 끼얹은 두부는 맛있다며 먹었다. 가지와 피망, 브로콜리 같은 채소도 작게 잘라 볶은 뒤 소스로 가리면 마치 내가 영양사가 아니라 마법사가 된 양 아이들은 잘 먹곤 했다.

차라리 마법사가 될걸 그랬나, 하며 툴툴거리던 중에 몇 달 전 언니에게 들은 충고가 기억났다. 그래서 봉사 활동 중에 영양사라는 직업이 조금이나마 도움이 될 만한 일을 찾아보았지만, 그중에 집에서 가까운 장소에서 열리는 것은 없었다.

그러던 어느 날, 구립 도서관의 게시판에 붙은 전단지 한 장이 눈에 띄었다. 큐알 코드를 스캔해 연결된 홈페이지에는 취약 계층 청소년의 도시락과 생일상을 만드는 일을 도울 지역 주민을 모집한다는 공지가 있었다. 그 정도의 작업이라면 부담 없이 할 수 있을 것 같아서 나는 곧장 신청서를 작성했다.

자원봉사자를 모집한 조합의 사무실은 구립 도서관의 꼭대기 층에 있었다. 약속된 시간 십 분 전에 들어가자 차를 마시고 있던 남녀의 대화가 뚝 끊겼다.

"저기, 저 오늘 도시락 봉사 신청해서 왔는데요."

"아, 반갑습니다! 이쪽으로 오세요."

내 또래로 보이는 여성이 말했다. 그러자 그녀 옆에 있던, 외국인으로 보이는 날렵한 체격의 남자가 차를 내온다며 자리에서 일어났다. 그가 건넨 홍차 한 잔을 마시는 동안, 나는 이곳의 취지와 활동 방향에 관한 설명을 들었다.

"홈페이지에서도 보셨겠지만 저희는 인문학 협동조합이면서 취약 계층 청소년을 대상으로 하는 돌봄 공동체를 지향하고 있어요."

나는 바로 그 '청소년 돌봄 공동체'라는 말에 끌렸다고 했다. 조어 자체가 신선하기도 했고 어린아

이들이 아니라 청소년을 대상으로 하는 일은 어떨지 궁금하기도 했기 때문이다.

여자가 설명하길 이곳의 조합원들은 연구실에서 따로 또 같이 공부와 집필을 한다고 했다. 멤버들이 주축이 되어 발간한 단행본도 몇 권이나 있었다. 연구실을 이용할 수 있는 조합원의 의무 사항은 단순했다. 지역 청소년을 위한 인문학 강의를 꾸리고, 그것을 바탕으로 청소년의 눈높이에 맞춘 인문학 서적을 발간하는 데 참여하는 것이다. 마찬가지로 이곳을 이용하려는 청소년도 한 달에 하나 이상의 강의를 듣는 게 최소 조건인 모양이었다. 그 외에 취약 계층 청소년을 대상으로 학습 멘토링도 이루어진다고 여자는 덧붙였다.

"야학의 최신 버전 같네요."

"사실 이것저것 하는 게 많긴 해요. 저희 책 한 권 드릴게요. 시간 되실 때 한번 보세요."

그녀는 책을 가져다준 뒤에 시간을 확인하더니 이

곳을 이용하는 아이들에 대한 이야기로 말머리를 돌렸다. 부모님이 계시지 않거나 가정에서 제대로 돌봄을 받지 못하는 아이들을 위해서 한 달에 한 번씩 간단한 생일 파티를 열고, 일 년에 한 번은 소풍을 가는데 이번 달은 그 두 가지 이벤트가 겹쳤다고 그녀는 설명했다. 거기까지 들었을 때 사무실로 사십 대로 보이는 여성 한 명이 더 들어왔다.

세 명의 조합원은 기왕에 만드는 도시락을 정성이 가득 담긴 화려한 모양으로 만들자며 의욕이 넘쳤다. 그러나 프랑크 소시지로 문어 모양을 만들도록 시켜본 뒤, 나는 그 너덜거리는 문어 다리를 보고도 웃지 않기 위해서 이를 꽉 물어야만 했다.

"선생님들, 책 보시느라 시간이 없어서 평소에 직접 요리는 안 하시는군요."

나의 지적에 세 명은 겸허히 고개를 끄덕였다. 나는 그들에게 단순 작업으로 할 수 있는 임무를 나누어 주었다. 섬세한 작업은 모두 내가 맡았다. 생햄으로 리본 모양을 만들거나, 메추리알에 검은 깨로 표정을 박아 넣을 때마다 환호가 나왔는데, 그중 가장 연장자는 감탄해 마지않으며 손뼉까지 쳤다. 나는 다시금 마법사가 된 기분이 들었다.

이튿날의 임무는 생일상을 차리는 것이었다. 내가 도착했을 때 사무실에는 어제 보지 못했던 남자 두 명이 컴퓨터 작업 중이었다.

"영양사 선생님, 오셨어요? 오늘, 잘 부탁드릴게요!"

남자 한 명이 튀어 오르듯 일어나더니 날아갈 듯 쾌활한 목소리로 인사를 건넸다. 부랴부랴 고개 숙여 인사하는 나와 눈이 마주치자 그는 활짝 웃었다.

이 사람은 아침부터 뭐가 이렇게 기분이 좋지? 몇 살인데 이렇게 새치가 많을까? 하는 생각이 스쳤다. 그러고 나서야 나는 그가 누구인지 알아보았다. 심장 박동이 빨라졌다.

"오랜만이다, 지혜야. 나도 오늘 명단 보고 깜짝 놀랐어."

이삭은 허둥거리는 내 손을 붙잡고 다시금 활짝 웃었다. 그가 전에 이렇게 밝게 웃을 줄 아는 사람이었던가 싶어 나는 기억을 더듬어보았다. 그랬던 것 같지는 않았다. 반면에 몰라볼 만큼 얼굴 살이 빠지고 새치가 늘어났다는 사실만큼은 분명해 보였다.

"나 엄청 삭았지?"

이삭이 내 마음을 굽어보고 있었던 듯이 물으며 커피를 건넸다.

"조금? 뭐 하느라 그렇게 고생이 심했어?"

"애들 키우느라 그랬지 뭐."

이삭은 그렇게 말한 뒤에 사무실 안으로 들어온 학생들에게 손을 흔들어주었다. 찰나의 순간에 나는 그에게 자식이라도 생긴 줄 알고 실망했고, 새삼스레 내가 그 말에 실망했다는 사실에 놀랐다. 그 와중에 양쪽 볼에 보조개를 만들어 넣은 듯 반짝이는 피어스를 한 학생이 이삭 앞으로 뛰어왔다.

"선생님 상담이요."

마치 맡긴 물건을 내놓으라는 식의 어투였다. 공손하게 보인다고는 말할 수 없었지만 앳된 얼굴에 드리운 표정은 절실해 보였다.

"이번 주는 그냥 좀 넘어가지. 또 왜?"

"다시 학교 관두고 싶어지면 오라면서요."

"그 말 하나는 잘 듣네? 하이고, 우리 솔이 착하기도 하지."

"아, 진짜 심각하다고요."

"알았어. 선생님 지금 손님이랑 볼일이 있으니까, 수업 하나만 듣고 생일 파티에서 밥 먹고 다시 와. 오늘은 김밥 파티 할 거야."

피어스를 한 학생은 나를 슬쩍 돌아보더니 알겠다고 말했다. 그러곤 기다리던 친구와 귓속말을 주고받으며 사무실을 빠져나갔다.

"너 여기서 상담 선생님인 거야?"

"상담도 하고, 강의도 하고. 책 읽는 것도 봐주고 그래. 더 어린애들은 숙제도 봐주고. 이런 사람을 두고 보통 주축 멤버라고들 그러지?"

"너 캐릭터가 좀 바뀐 거 아니야?"

"응, 그럴 거야. 죽고 싶다, 학교 관두겠다, 집 나가고 싶다, 그런 애들 어르고 달래다 보니까 사람이 눈 깜짝할 새에 관록이 붙더라고."

이삭이 능청을 떨었다. 기하급수적으로 새치가 늘어난 데 이유가 있는 것 같아서 나는 마음이 짠해졌다. 그러다 벌써 마음이 약해지면 안 된다는 생각에 웬 생일 이벤트에 김밥을 싸느냐고 어깃장을 놓았다.

"아, 그건 생일을 맞은 애가 원한 거야. 파는 거 말고 직접 싼 김밥을 먹은 적이 한 번도 없어서 맛이 궁금하대."

민망해하는 내 표정을 읽었는지 이삭은 그럴 것 없다며 손사래를 쳤다. 막상 먹고 난 뒤에는 파는 김밥이 더 맛있다고 할지도 모르는 거 아니냐고 웃어

넘기듯 말하며 그는 다시금 관록을 뽑냈다. 그에게
는 지난 삼 년간 정말 많은 일이 있었던 모양이다.
이삭은 말도 말라며 방긋 웃었다.

"어디서부터 얘기해야 될지 모를 정도로 많았지.
아 참, 규철이. 걔 얘기는 꼭 해야 돼. 여기도 걔 때문
에 들어온 거나 마찬가지니까."

규철의 이름이 나오는 이유를 따져 묻고 싶었지
만, 그때 다른 봉사자가 도착해서 이야기가 중단되
고 말았다. 나는 찜찜한 궁금증을 억누르며 김밥을
만들기 시작했다. 이삭은 맨 처음 완성된 김밥을 가
지런히 자르더니 사람들의 눈을 피해서 끄트머리의
도톰한 조각 하나를 재빨리 내 입안에 넣어주었다.

엄마는 할머니가 임종 일정을 잡았다는 사실을
알게 된 뒤 더욱 감정 기복이 심해져서 매일의 기분
을 종잡을 수가 없었다. 어느 날은 "부모고 자식이
고 소용없고 어차피 인간은 다 혼자야" 하면서 몇

시간이고 창밖만 바라보았다. 아빠가 애써 장난스
럽게 "그래도 남편은 좀 다르지 여보. 부부는 촌수
도 무촌이잖아" 하고 말을 걸었지만 눈길 한번 주
지 않았다. 또 어느 날은 청소를 한다고 욕실에 들어
가서 나오지 않기에 가보았더니 타일 바닥에 주저
앉아 서럽게 울고 있었다. 그 모습을 보자니 나도 덩
달아 눈물이 날 것 같았다. 세제 거품이 묻은 엄마의
몸을 겨우겨우 일으켜 세운 뒤에 나는 말했다. 이러
는 동안에도 시간은 흐르고, 남은 시간은 많지 않으
니 나와 할머니 집에 함께 가자고 말이다.

　그러나 엄마는 언짢은 얼굴로 고개를 저었다. 어
쩌면 저렇게 자기 감정만 우선일까, 나는 좀 신물이
났다. 그러면서도 마음 깊은 곳 한구석에는 자기 분
이 풀릴 때까지 마음껏 울고 화풀이하며 감정을 표
출할 수 있는 엄마를 내심 부러워하기도 했다. 엄마
를 달래고 눈치 보느라 심장을 졸이는 사이에 원래
내 기분이 어땠는지조차 잊어버리고 마는, 그렇게

진이 빠져버리는 기분이 어떤 것인지 아마 엄마는 평생 알지 못하리라는 생각도 했다.

어찌 됐든 이제 그만 엄마와 떨어져 사는 게 좋을 것이다. 나는 매일 밤마다 원룸 매물을 검색해보다가 잠드는 것을 반복하고 있었다. 하지만 지금 엄마 곁에는 언니도 없고, 할머니 일로 충격을 받은 상태라는 점을 고려해 독립의 시점을 조금만 더 늦춰달라는 게 아빠의 청이었다. 간곡한 부탁을 모른 체할 수 없어서 나는 일단 알겠다고 말했다.

언니는 내 얘기를 듣더니 고개를 절레절레 저었다. "감당이 안 될 때는 그냥 영상 통화 걸어서 나한테 넘겨" 하는 말도 덧붙였다.

"그래. 내 생각 해주는 사람은 언니밖에 없네."

"진짜로 넘겨. 너무 너 혼자 속 썩이지 말고."

"언니는 일로도 환자랑 보호자한테 시달릴 거 아냐. 요새 병원에서 별일 없고?"

언니는 잠깐 뜸을 들이더니 손에 든 샴페인 잔을 들어 올리며 그간 애인이 생겼다고 했다. 자신과 같은 병원에서 일하는 방사선의로 온화하고 따뜻한 사람이라고, 단 술을 한 방울도 입에 대지 못하는 게 유일한 단점이라고 언니는 말했다. 안타깝다는 말과는 달리 뽐내는 듯한 어투였다.

"그렇게 괜찮은 사람이면 엄마 맘에도 쏙 들겠네? 이따가 엄마한테 얘기해줄까? 엄마 우울한 와중에 건수 하나 잡는 거니까 장난 아닐걸. 그럼 캐나다에서 결혼하는 거냐고 아침저녁으로 전화해서 귀찮게 할 텐데, 어머 어떡해."

내 말을 들은 언니는 곧바로 내시경은 했느냐고 반격해 왔다.

"했지, 그럼. 내가 한다고 했잖아."

나도 지지 않고 되받아쳤다.

물론 거짓말이었다. 나는 검사를 받기는커녕 예약

조차 하지 않은 채로 한동안 언니 전화를 피하며 끙끙거리고만 있었다. 그러자 대신 예약해주겠다며 이삭이 나섰다. 겁나서 못 가겠으면 말하라고, 자기가 함께 가주겠다고도 했다. 못 본 사이에 그는 정말 딴 사람이 된 것 같았다.

내시경 검사를 예약한 전날 새벽에는 잠에서 두 번이나 깼다. 목이 타도 보리차 한잔 마음대로 마실 수 없다는 사실 때문에 더더욱 초조해져서 한참을 뒤척여야 했다. 병원에 가서 가운으로 갈아입으면서는 이제 주삿바늘이 들어올 차례구나 싶어서 양팔에 소름이 돋았다.

그러자 담당 간호사가 부드러운 중저음의 목소리로 긴장을 풀라고 말했다. 멀리에서 봐도 눈에 띌 만큼 근육질의 거구인 그는 내가 여태 병원에서 만난 그 어떤 이보다 친절하고 상냥한 어투를 가지고 있었다.

주사를 맞은 후에 침대에 모로 누워서 시키는 대

로 호스를 입에 물고 나자마자 기억이 끊겼다. 서서히 몽롱해지다가 의식이 흐려지는 것이 아니라 말 그대로 싹둑 자른 듯 의식을 잃은 것이었다. 그러다 어느 한순간 번쩍하고 정신이 들어 자리에서 일어났더니 "아직 일어나시면 안 돼요!" 하는 다급한 외침이 들려왔다. 설마 검사 중에 깬 것일까 싶어서 공포스러웠는데 다행히 나는 호스를 물고 있지 않았다. 어느새 내시경이 끝난 것이었다.

시간이 얼마나 흘렀는지 알 수 없었고, 침을 삼키는데 목구멍 안쪽에서 묘한 이물감이 느껴질 뿐 아픈 데도 없었다. 그런데 조금 더 누워 있다가 일어나라고 말하는 간호사의 음성이 몹시 고단하게 들렸다. 가만 보니 그가 입은 유니폼 앞섶에 점점이 핏방울이 튀어 있는 것이 보였다.

"많이 겁이 나셨나 봐요. 환자분께서 무의식중에 도저히 못 하시겠다면서 주삿바늘을 이렇게 잡더니 뽑아버리셨어요."

내가 뭘 잘한 게 있다고 여전히 저토록 깍듯한 어투로 얘기해주는지, 간호사의 변함없는 친절에 나는 감탄했다. 또한 그가 말한 일들이 전혀 기억이 없다는 것이 신기하기만 했다. 내 몸속으로, 내장 기관 안쪽 깊숙한 곳까지 카메라를 단 호스가 들어간 일도, 그게 겁난다고 혈관에 꽂은 주삿바늘을 뽑아내며 사방에 핏방울이 튀도록 한 만행까지도 깨끗하게 기억이 없다니. 그보다 더한 일이 벌어지더라도 조금도 기억하지 못할까. 할머니가 맞이하는 죽음이란 이렇게 고통도 기억도 일순간에 지워지는 과정인 것일까. 그럼 그다음은 어떤 게 기다리고 있을까.

몽롱한 기분으로 그런 생각을 하며 병원 건물을 빠져나오는데 찔끔 눈물이 났다. 병원 식당에서 주는 죽을 먹고도 집에 갈 기운이 나지 않아서 나는 병원 건물 앞 벤치에 한참이나 멍하니 앉아 있었다. 그러다 문득 이삭에게 전화를 걸어보았다. 그는 연구실에 있었는지 잠시만, 하고 속삭이더니 이내 또렷

한 음성으로 내 이름을 불렀다.

"뭐 하니? 바빠?"

"뭣 좀 하긴 하는데 바쁘진 않아."

"그럼 나 좀 데리러 나와 줄 수 있어?"

"그럼. 어딘데?"

이삭은 흔쾌히 대답하더니 내 위치를 묻고 삼십 분만 기다리라고 했다. 그가 도착한 것은 삼십 분이 채 되기 전이었다. 환하게 웃는 얼굴로, 새치를 흩날리며 성큼성큼 걸어오는 그의 모습을 보며 내가 느낀 감정은 한마디로 설명할 수 없는 것이었다. 그의 걸음걸이와 미소에 불확실한 지점은 하나도 없었다. 내내 풀리지 않던 어려운 문제에 대한 답을 허무할 정도로 쉽게 구한 것 같은 기분이었다. 그가 벤치 옆에 와서 앉았고 내 입에서는 투정이 나왔다.

"삼 년 전에도 이렇게 바로 나왔으면 얼마나 좋냐."

"미안해. 죽을죄를 지었어."

이삭이 순순히 사과했다. 다시 만나게 된 이래 그는 내가 이 문제에 대해 언급할 때마다 미안하다고 말해주었다. 벌써 열 번 가까이 되는 것 같다. 얄궂게도 나는 막상 그렇게 미안하다는 말을 듣고 난 뒤에야 그도 어쩔 수 없는 상황이었다는 데 생각이 미치곤 했다.

당시 이삭이 겪은 상황은 아주 단순했다. 그날 아침에 그는 투표를 하고, 학교 근처의 한 카페 이 층에서 논문을 썼다. 오랜만에 작업에 속도가 붙어서 나와 만날 시간을 정하는 것도 뒤로 미루게 되었다고 이삭은 말했다. 그러다 커피를 리필하러 가느라 지갑만 들고 잠시 자리를 비웠고, 그사이에 노트북과 휴대폰을 모두 도난당한 것이었다. 그 일을 계기로 그는 나뿐 아니라 다수의 인간관계가 끊어지게 되었다. 내가 어떻게 연락 한번 하지 않을까 하며 그를 괘씸해하고 있던 때에, 이삭은 일상생활을 꾸려나갈 의지조차 잃을 만큼 깊은 무력감에 침잠해갔던 것이다.

단지 먼저 연락을 주는 사람에 한해서 인연을 이어가고 있던 그때 그에게 전화를 걸어온 것이 하필, 규철이었다. 나중에 듣자 하니 선생님의 장례식장에서 보았던 규철의 모습은 연출에 불과했던 모양이다. 규철은 그날 스친 모든 동창에게 전화를 걸어서 돈을 빌리려 시도했다고 한다. 기억력 하나는 발군이어서 규철은 돈을 빌리는 이유도 각각의 대상에게 가장 잘 먹혀 들어갈 만한 핑계를 대는 작전을 썼다.

"걔가 너한테는 뭐라고 사기 쳤다고?"

"어떤 작은 개척 교회 목사님이 자기한테 투자한 게 있는데, 그걸 조금이라도 돌려줘야 된다고. 안 그러면 그 교회에서 지원하고 있던 노숙자들까지 다시 길바닥에 나앉게 될 거라고 그랬지."

"호구의 니즈를 잘 파악했네."

"그럼. 나같이 없는 사람 돈 털어먹으려면 걔도 연구 많이 했겠지."

남의 일인 양 말하는 이삭의 어깨를 찰싹 소리 나
게 때렸지만 그는 다시금 미안하다는 말뿐이었다.

　이삭은 일련의 사건들을 겪으면서 그때까지 모아
두었던 얼마 안 되는 돈까지 잃은 것을 계기로 집세
가 더 저렴한 곳을 찾다가 지금의 조합을 알게 되었
다고 했다. 처음에는 싱글인 조합원이 이용할 수 있
는 셰어 하우스에 눈독을 들이고 울며 겨자 먹기로
가입했다고 그는 말했다. 그렇게 발을 담갔는데 이
제는 사무실에서 없어서는 안 되는, 자칭 '주축 멤
버'가 된 것이었다.

　소소한 불행이 이끈 자신의 안식처로 나를 안내
한 이삭은 비빔국수를 만들어주었다. 이십 대 중반
부터 사십 대 중반까지 다섯 명의 남녀가 함께 쓴다
는 부엌은 생각보다 깔끔했다. 나는 비빔국수를 한
입 먹자마자 한두 번 해본 솜씨가 아니라는 사실을
알 수 있었다.

　"여기서 요리는 내가 제일 잘하거든."

"다른 사람들이 워낙에 라면밖에 못 끓이기도 하고?"

"물론이지."

이삭이 어깨를 으쓱거렸다.

그 집의 거실에는 텔레비전이나 소파, 장식장 따위가 놓일 자리마다 책장이 들어서 있어서 북카페를 연상케 했다. 이삭의 책도 대부분 그곳에 꽂혀 있었으므로 그의 방에는 매트리스와 행거, 일인용 책상과 에어컨 등 최소한의 세간만 놓여 있었다. 그는 이곳에서의 생활이 편하다고 했다. 얼마큼 편한가 하면, 정말로 공부가 좋은 것인지 자신과 엇비슷한 사람들끼리 모인 세계 안에 머무는 안락함 때문에 공부가 좋은 것처럼 느껴지는지 헷갈릴 지경이라는 것이었다.

"그래서 요즘 들어서는 엄마가 이해가 가기도 해. 처음으로."

"너희 어머니는 어디 계신데?"

"설악산이랑 가까운 곳에 조그만 종교 공동체가 있거든. 거기 찬모로 계셔."

"교회에 계시나 보구나?"

내가 되묻자 이삭이 고개를 저었다.

"교회 말고도 그런 데는 많아."

책상 위에 있는 두 장의 사진 중 하나는 그가 어렸을 때 호숫가에서 찍은 가족사진, 다른 하나는 그의 어머니가 담긴 독사진이었다. 노란 봄꽃을 배경으로 두고 선 그분의 얼굴은 말갛고 더없이 편안해 보였다. 이삭은 화제를 돌리려는지 힘차게 기지개를 켜더니 아무래도 자기는 이제 공동체 생활에서 독립할 때가 된 것 같다고 했다.

"네가 주축 멤버라며. 질렸어?"

"활동은 해야지. 그래도 언제까지 여기에서 살 수는 없는 거니까. 속세에 나가보려고."

"속세 나가서 또 털리면 안 돼. 각서라도 써. 누가 뭐라고 해도 십 원 한 장 안 빌려주겠다고."

104

농담처럼 말하자 이삭은 좋은 생각이라며 명함 한 장을 꺼내 들었다. 명함은 규철의 것이었다. 이삭은 스스로를 단속하기 위해서 그의 명함을 일부러 버리지 않고 간직하고 있었다고 했다. 그는 진지한 얼굴로 명함 뒷면에 각서의 내용을 적어 내려가기 시작했다.

그다음 통화에서 언니는 할머니의 임종 예정일 전후로 일주일 정도 휴가를 썼다는 사실을 알렸다. 하지만 실제로 임종 예정일이 다가왔을 때 일정을 취소하는 경우가 열에 일곱은 된다고 덧붙였다.

"정말? 칠십 퍼센트나 돼?"

"한 칠팔십 퍼센트 돼. 그러니까 할머니가 정말 임종 계획을 그대로 진행하실지는 당일이 돼봐야 아는 거야."

그렇게 말하고 언니는 애인이 데리러 왔다며 서둘러 통화를 마쳤다.

오늘이 자두주에서 자두를 거르는 날이라 술맛을 볼 수 있다고 자랑하지 못한 것을 아쉬워하는 것도 잠시, 다시 전화가 걸려왔다. 언니가 아니라 엄마의 연락이었다. 왜 방문을 두드리지 않고 전화를 걸었나 싶었더니 엄마는 외출 중이라고 했다. 큰이모를 따라서 교회에 가보았다고 했다. 큰이모와 차를 마시고 있을 테니 한 시간 안에 교회 근처로 데리러 오라고 엄마는 말했다.

"나 이제 할머니 집 갈 건데?"

"암튼 와."

그렇게 말하는 것을 보니 엄마도 드디어 할머니를 보러 갈 결심을 한 모양이었다.

나의 예상이 맞았다. 한 시간 뒤, 조수석에 올라탄 엄마는 비장한 얼굴을 하고 안전벨트를 맨 뒤에 "그나마 너랑 가는 게 낫겠지"라고 말했다. 내 생각도 그랬다.

점심시간이 가까워져 오자 길이 좀 막혀서, 나는 엄마에게 교회에 가본 소감을 물었다.

"그냥 한번 가봤어. 큰언니가 하도 한 번만 같이 가자고 그래서."

"그래서 가보니까 어때? 다닐 만한 거 같아?"

엄마는 가만 고개를 저었다.

"언니한테야 좋겠더라. 교회에 언니를 따르는 사람들이 아주 많아."

"그렇구나. 엄마, 저기……."

한동안 말을 고르며 망설이자 엄마가 내 얼굴을 빤히 쳐다보며 "왜?" 하고 물었다.

"음, 아니야, 됐어."

"아유 얘가 속 터지게 무슨 얘긴데 그래. 해."

"전부터 물어보려고 했는데……."

"아이 참, 얘가. 뭔데 그래?"

"알았어. 엄마, 큰이모는 할머니하고는 뭣 때문에 감정이 안 좋은 거야?"

"아이고야, 그 얘기야? 그게, 언니가 오해를 해서 그래. 엄마가 말을 안 하니 언니야 그게 오핸지 뭔지 모르겠지만."

웬일로 엄마가 입을 여나 싶어서 귀를 기울였으나, 엄마는 큰이모와 할머니 얘기는 하지 않고 한참이나 엄마가 아빠와 결혼할 당시의 사연을 들려주었다.

젊은 시절의 아빠는 지금보다 더 마르고, 그때나 지금이나 말을 재밌게 하는 재주는 없는데 말수는 많아서 엄마가 기대했던 연인의 타입과는 정반대였다고 했다.

"난 원래 남자답고 카리스마 있는, 그런 남자 아니면 쳐다보지도 않았어."

그러나 배우자의 최고 덕목은 마음 씀씀이와 자상함이라는 것을 뼈저리게 느낀 뒤라 아빠와의 결혼을 결심할 수 있었다는 것이다. 도대체 그 얘기가 왜 나오나 싶었는데 좀 더 기다려보았더니 큰이모

얘기와 연결이 됐다.

큰이모의 첫 번째 남편은 사업가 집안의 맏아들이었다. 그는 첫인상이 가장 근사하고 알면 알수록 실속 없는 빈 깡통 같은 남자였다고 했다. 술을 좋아하고, 돈 씀씀이가 헤픈 데다 가족에게 무심할 뿐만 아니라 못 말리는 바람기를 가진 남자였기 때문이었다. 큰이모는 그런 남편으로 인해 마음고생을 하는 한편 혹독한 시집살이에도 시달려야 했다.

그 모습을 지켜본 엄마는 남편감으로 형부와 반대되는 사람을 찾았다고 했다. 그리하여 만난 아빠와 결혼에 골인한 뒤 언니와 나를 연년생으로 낳는 동안에도 큰이모는 눈물이 마를 날 없는 시간을 보냈다. 아들 지용이가 태어난 이후에도 일이 년쯤 더 노력했지만 큰이모는 결국 도망치듯 백기를 들었다.

"그럼 그때 할머니가 그냥 참고 살라고 그랬었나 보지? 지용이도 어리고 하니까?"

"아니, 안 그랬어. 우리 엄마는 그때도 여장부였잖

109

아. 어쨌거나 손주보다는 내 자식이 먼저라고 그랬
어. 짐 싸서 돌아오라고."

지금의 이모부가 큰이모에게 청혼한 것은 큰이모
가 이혼한 뒤 사 년이 지난 시점이었다. 당시 이모부
는 지용이를 친아들처럼 키우겠다고 큰이모에게 약
속했지만, 이모부네 어른들의 입장은 달랐다. 할머
니와 따로 만난 자리에서 그들은 이제 곧 마흔인 아
들을 총각 귀신으로 만드느니 이혼녀한테라도 장가
를 보낼 마음은 있다, 그러나 전남편 자식까지 데려
오는 것은 받아들이기 힘들다, 라고 못 박았다고 한
다. 다른 한편에서는 큰이모 전남편의 가족들이 할
머니의 식당에까지 찾아와서 큰이모가 재혼하면 지
용이는 자신들이 데려가겠다고 협박하다시피 했다.

할머니는 사력을 다해 큰이모를 돕고자 했지만,
막상 큰이모 앞에서는 저쪽 집들 얘기도 틀린 것만
은 아니며, 자식은 또 낳으면 된다는 태도를 보였다.
전남편 가족들에게 계속 시달리고 새로 맞이할 가

족들과 처음부터 사이가 틀어지느니 자신에게 원망이 쏠리게 하려는 뜻이었다. 결과적으로 이모는 지용이를 빼앗기지 않고 지켜낼 수 있었다. 하지만 그때 받은 상처가 아물지 않은 모양이라고 엄마는 말했다.

"할머니는 큰이모 생각해서 그런 거잖아. 그런 거면 엄마랑 작은이모가 오해를 좀 풀어주지 그랬어."

"니네 할머니가 그때 얘기는 입도 뻥끗 못 하게 하는 걸 어떻게 해. 어쨌든 지용이가 하나밖에 없는 손자라고 지금은 형부 댁에서도 예뻐한다잖아. 그런데 이제 와서 다 지난 얘기 꺼내봤자 긁어 부스럼이다, 그러면서 딱 자른다고. 그 고집을 누가 말리겠니. 아유, 암튼 너도 지용이 앞에서는 이런 얘기 일절 모르는 척해."

엄마는 그렇게 다짐을 받았다.

우리가 도착했을 때 할머니는 외출복을 차려입고

있었다. 우선 들러야 할 데가 있다며 일단 술맛을 보더라도 다녀와서 맛보자고 했다.

"엄마도 참, 변덕은."

주차장으로 다시 내려가면서 엄마가 할머니에게 볼멘소리를 했다.

"이랬다저랬다 하는 게 변덕이지. 네가 불쑥 와서는 왜 나더러 변덕이래."

그야 맞는 말이라고 생각했지만 할머니 편을 들었다가는 엄마의 원성을 살 것 같아서 나는 잠자코 휴대폰을 만지작거리는 척했다. 할머니는 여전히 왼발을 끌며 걸었다. 게다가 걸음을 걸을 때도 몸이 앞쪽으로 구부정하게 기울어 있었다. 차에 올라탄 할머니는 버거운 일 하나를 마친 듯 숨을 깊게 몰아쉰 뒤에 요양원 이름을 불렀다.

요양원에는 할머니의 언니, 다시 말해 나의 이모할머니가 있었다. 십 대 시절에 먼 친척 집까지 가서 식모살이를 해야 했다는, 올해 아흔일곱인 이모

할머니를 나는 처음으로 보았다. 홑이불을 덮고 누운 이모할머니는 할머니와 닮은 듯하면서도 더 여려 보이는 얼굴선에 덩치도 자그마했다. 반쯤 눈을 뜬 모습이 깨어 있는 것 같기도 했고 잠든 것 같기도 했다.

"항상 할머님 혼자 오셨는데 오늘은 손님이 많이 오셨네요. 우리 어르신 오늘 계 타셨네."

반백의 요양사가 다정하게 말을 걸었다. 그녀는 이모할머니가 요새 들어 기침이 잦아졌다고 했고, 그래도 요새는 기계가 워낙 잘 나와서 예전처럼 욕창 걱정은 없다고 안심시켰다. 욕창에 비하면 잔기침 걱정이야 별것 아니라는 것이었다.

"그게, 이렇게 종일 누워만 있는 사람은 한 방향으로만 있으면 욕창이 생기잖아. 그래서 못해도 삼십 분에 한 번씩 반듯이 뉘었다가 옆으로 뉘었다가 방향을 바꿔줘야 하는데 요새처럼 침대에 장치가 붙어 나오기 전에는 그걸 다 사람이 해야 했거든. 그게 얼마나 중노동이냐. 말도 못 하지." 할머니가 이렇게 덧붙이며 이모할머니의 앙상한 손을 쥐었다. "언니 나 날짜 잡았어. 내가 언니 마중 나갈 테니까 금방 따라오는 거야. 알지?"

그러자 이모할머니가 입술을 달싹거렸는데 제대로 말소리가 들리지는 않았다. 이모할머니는 이 요양원에서 벌써 구 년 가까이 지내고 있다고 했다.

할머니는 지긋지긋하던 병원 밥을 먹을 일도 이제 얼마 남지 않았다는 묘한 이유를 들어가며 우리를 식당으로 이끌었다. 엄마가 병원 밥이 아니라 요양원 밥이라고 따지자 "저염식이 다 똑같지 뭐" 하고 되받았다.

할머니 집에 오는 김에 내심 맛깔스러운 점심을 기대했던 나는 실망한 티를 속으로 감추며 싱거운 국에 진밥을 말았다. 잘게 썰린 오이무침은 내가 초등학교 아이들에게 주는 것에 비해도 몇 배나 싱거웠고 계란찜도 감칠맛이 느껴지지 않아 맹숭맹숭했다. 엄마는 밥맛이 없다며 자판기에서 뽑은 율무차만 마셨는데 내 착각인지 몰라도 율무차의 빛도 흐릿해 보였다.

요양원에 가던 길과 달리 돌아오는 길에는 차가 꽤 막혔다. 할머니도 엄마도 각자 생각에 잠긴 듯 차 안에서는 한마디의 대화도 오가지 않았다. 그런 분위기 때문인지, 자율 주행 모드를 불안해하는 할머니 때문에 오랜만에 직접 운전을 해서 그런지 나는 가다 서다 하는 차 안에서 녹초가 되었다. 운전을 하고 있으니 눈을 붙일 수도 없었으므로 자두주를 맛볼 생각만으로 겨우 버텼다.

차에서 내리자 좀 살 것 같았다. 나는 할머니 집으로 가서 지체 없이 체에 술을 밭쳤다. 맑은 갈색빛으로 우러난 자두주에서는 침샘을 자극하는 상큼한 향이 퍼졌다.

할머니는 술잔을 두 개 가져왔는데, 그것은 엄마와 나를 위한 것이었다. 그러곤 엄마의 잔에 반쯤 술을 따랐다. 그러자 엄마는 단번에 잔을 비우더니 더 달라는 듯 할머니를 향해 잔을 내밀었다. 할머니가 이번에는 잔에 가득 술을 따라주었고 엄마는 그마저 한입에 털어 넣고는 잔뜩 찡그린 얼굴을 하고 어깨를 부르르 떨었다. 내가 말릴 새도 없었다. 소주 한 잔만 마셔도 얼굴이 새빨개지는 엄마가 그렇게 급히 술을 마시는 것을 본 것은 난생처음이었다.

그러고도 엄마는 다시 술병을 잡았다. 그러자 할머니가 엄마의 손을 밀어냈다.

"이거 지혜 거니까 이제 지혜한테 허락 맡고 먹든 가 해."

나는 엄마 손에서 술병을 뺏어 들었다.

"그러니까 내가 오자고 할 때 진작 좀 따라 나오지 그랬어."

이제 나도 술맛을 볼 차례였다. 언니의 충고에 따라 스트레이트로, 입안에 술을 한 모금 머금고 천천히 넘겨보았다. 단맛은 생각만큼 강하지 않았다. 살

116

구주보다는 좀 더 새콤한 맛이 돌았고 그럼에도 입안에 쌉쌀하고 독한 소주의 기운이 남았다. 한마디로 솔직한 감상을 말하면 기대에 비해 평범한 맛이었다.

"별로 맛도 없지?" 엄마는 벌써 혀가 꼬여서 발음이 뭉개졌다. "아니, 갑자기 이모는 왜. 봐라, 저렇게 되면 너네도 속 시끄럽겠지? 하고 협박하려고 데려갔어? 그랬겠지. 빤하지."

"지혜야, 네가 말해봐라." 할머니는 기가 막힌다는 표정이었다. "내가 오랬냐? 니네 에미가 온 거지?"

그야 그랬지만 엄마의 눈치가 보여서 아무 말도 할 수 없었던 나는 가만히 엄마의 어깨를 쓸었다.

할머니는 내게 안방의 약 바구니를 가져와달라고 했다. 그러고는 내게 했던 것처럼 엄마에게 자신의 몸 상태를 말했다. 이야기를 마치고 힘겹게 숨을 쉬기에 나는 물을 가지고 왔다.

"고맙다. 지혜야." 할머니는 천천히 물을 마셨다. 손 떨림 때문에 턱 아래로 샌 물이 스웨터를 적셨다. 그 모습에 엄마도 움찔하는 게 보였다.

"봐. 물 한 모금 마시는 것도 일이야. 밤에는 어떻고. 목이 타서 깨면 바로 옆 협탁에 있는 물 마시려고 일어나는데도 아주, 진이 다 빠져. 내 손으로 할 수 있는 게 아무것도 없다. 의사도 그런다니까. 이제 휠체어 타고 자리보전할 일만 남았다고. 그러면 언니처럼 욕창 기계 달린 침대 신세겠지. 나는 싫다."

"엄마, 나도 죽을병 걸려봤어. 나도 힘든 거 알아, 아는데……."

"알기는. 너는 일찍 발견해서 치료 다 했잖아. 암이라고 하니까 겁먹은 거지 고칠 수 있어서 다 고친 거 아니야. 내 몸은 이제 안 나아져. 더 나빠질 일밖에 없어."

"아무튼 당장 위독한 거 아니잖아. 엄마가 그렇게 힘들면 내가 여기로 들어올게. 내가 와서 병구완한다고.”

“네 몸이나 잘 다스려. 너희 가족 건사나 잘하고.” 할머니는 말을 잇기 버거운 듯 숨을 크게 몰아쉬었다. “난 더 버틸 기운도 없고, 내 새끼 그렇게 부려먹고 싶지도 않아.”

“엄만 정말 나더러 어떻게 살라고!”

어느새 얼굴이 벌게져서 눈물 콧물을 쏟아내는 엄마가 안쓰러웠다. 하지만 그런 엄마를 바라보는 할머니의 눈빛에 형언할 수 없는 애처로움이 담겨 있었기에 나는 엄마를 제지할 수밖에 없었다.

“이제 그만해. 할머니도 힘드셔, 엄마.”

엄마를 집으로 데려가기 위해 일으키려고 했지만 엄마는 놔두라며 내 손을 밀어냈다.

“이것아, 너도 환갑이 넘은 게 이렇게 에미 속을 몰라. 다 살아져. 나는 나 가고 너희 못 살 걱정은 안 해. 저 꼴로 저렇게 버텨야 되는 언니가 걱정이지.”

나는 수건에 물을 적셔서 엄마의 얼굴을 닦아주었

다. 엄마는 취기가 더 올라왔는지 엎드려 졸기 시작
했다. 진이 빠진 얼굴을 한 할머니가 주먹 쥔 손으로
무릎께를 두드리기에 나는 다리를 주물러주었다.

할머니는 엄마도 어릴 적에 자주 할머니의 어깨를
주물러주었다고 했다. 엄마는 누구보다 애교도 많
고 잘 웃고, 그만큼이나 잘 울고 떼를 쓰는 일도 잦
은 막내딸이었던 모양이다.

"에미처럼 남 눈치 안 보고 제 기분 따라 살면 그
래도 제 속이야 편하겠지."

"맞아요."

그렇게 대답하고 나서 나는 혹시 엄마가 잠결에
들은 것은 아닐까 하고 엄마의 얼굴을 살폈다.

"그렇지만 지혜야, 너무 그렇게 남들 눈치 보고 거
기에 다 맞춰줄 필요도 없다. 너는 워낙에 네 기분보
다 남의 속을 먼저 들여다보니까, 순서가 반대로 됐
잖니. 그게 걱정이야."

"네. 죄송해요."

"널더러 잘못했다는 게 아니야. 걱정이 된다는 거지. 봐라, 부모 자식 사이라도 이렇게 내 맘 같지 않은데 남의 속을, 그걸 어떻게 다 헤아리겠니."

할머니의 말은 나무라는 투가 아니라 따뜻했고, 나는 괜히 코끝이 시큰거려서 고개만 끄덕였을 뿐 제대로 대답도 하지 못했다. 잠시 뒤에 할머니는 이제 그만하면 됐다는 듯 내 손을 물리더니 끙 소리를 내며 자리에서 일어났다. 그러곤 내게 실망할 것 없다고 했다. 무슨 얘긴가 싶어 돌아보니 원래 담금주는 숙성시켜서 먹어야 진가가 드러난다는 것이었다.

"다 제때가 있는 거지. 사람이고 술이고 간에. 그런 이치야."

이제 볕이 들지 않는 곳에 두고 못해도 두어 달 더 숙성을 시켰다가 먹어보라고, 그러면 지금하고는 차원이 다를 거라고 할머니는 말했다.

문득 나는 세 병의 술병 중 한 병은 할머니 집에 두고 가야겠다는 생각이 들었다. 할머니가 계획한

대로 이 집에서 임종을 맞는다면, 그때 모인 자리에서 한 잔씩 맛을 보는 것도 나쁘지 않을 것 같아서였다. 할머니는 그것 참 좋은 생각이라며 미소를 지었다. 어느새 얼굴 근육을 움직이는 것 또한 전만큼 자유롭지 못해서 조금 부자연스러웠지만 최대한 밝은 미소를 지어 보이려고 애쓰고 있다는 것을 나는 느낄 수 있었다.

그 주 주말에, 이삭은 이사할 집을 보러 가기로 했다며 내게 함께 가달라고 청했다. 나는 약속 장소로 향하기 직전까지도 할머니 문제로 엄마와 언쟁을 벌였다. 엄마는 내가 아직 젊어서 엄마의 마음을 헤아리지 못한다는 말만 집요하리만큼 반복했다. 그야 그렇겠지만, 가장 중요한 것은 나나 엄마의 기분이 아니라 할머니의 의사가 아니냐고 나 역시 거듭 이야기했다. 반복하느라 참을성이 고갈됐고, 나는 결국 지금껏 참아오던 말을 입 밖에 내고 말았다.

엄마는 진정으로 할머니를 위하는 게 우선이 아니라, 할머니를 잃고 나서 본인이 겪을 괴로움이 더 우선인 사람이라고 말이다. 아빠가 안절부절못하며 말리려고 했지만 나는 기어코 엄마는 만사에 그런 식이라는 말까지 덧붙였다. 그 탓에 집에서 빠져나와 이삭과 만난 뒤에도 가라앉은 기분이 좀처럼 나아지지 않았다.

이삭은 내 안색을 살피더니 부동산에 전화를 걸어 양해를 구하고는 근처의 카페로 들어갔다. 멍하니 앉아 있었더니 그는 언젠가 그랬듯 두 가지 종류의 음료를 사 가지고 와서 내게 마음에 드는 것을 고르라고 했다.

"이거 마시는 동안 상담하자. 선생님한테는 뭐든지 얘기해도 돼. 비밀은 꼭 지켜주니까." 자못 진지한 얼굴을 한 이삭이 메모지와 펜을 꺼냈다. "말하기 곤란하면 여기에 써봐. 지금 기분이 어때?"

지금 나의 기분을 한마디로 표현할 수는 없었다.

입씨름을 하느라 진이 빠져 있었고, 자신의 입장만 생각하는 엄마의 모습에 넌더리가 났다. 솔직히 나는 엄마의 모습에 깊이 실망했다. 하지만 그 감정에는 곧장 죄책감이 엉겨붙었다. 불안하기도 했다. 이따금씩 나는 다시 수면 내시경을 받는 꿈을 꾸었다. 마취에서 깨어나면 아무도 없는 어두컴컴한 공간에 홀로 남겨져 있었다. 아무도 없느냐고 소리치고 싶었지만 목소리조차 나오지 않았다. 한번은 꿈속에서 마취를 당하는 사람이 할머니로 바뀌어 있었다. 할머니에게 다가오는 의료진들을 막아보려 애썼지만 역부족이었다. 그날 나는 울면서 잠에서 깨어났다.

지금까지 그런 꿈에 대해서는 누구에게도 이야기할 수 없었다. 이제 와서 할머니의 선택에 부담을 주는 것처럼 보일 것 같아서였다. 특히 엄마 앞에서 얘기했다가는 그것 보라며 한동안 시끄러울 게 뻔했다. 하지만 지금 내 앞에는 이삭이 있었다. 그는 어서 말해보라며 독촉하지도, 따져 묻지도 않고 가만히 내 얼굴을 따라 흐르는 눈물을 닦아주었다.

"지금은 아무 말도 못 쓰겠다. 대신 전에 네가 쓴
걸 좀 보자."

나는 얼마 전에 그에게서 받은 규철의 명함을 지
갑에서 꺼냈다. 거기에는 이렇게 쓰여 있었다.

각서

불확실한 세상, 그 누구도 무턱대고

믿지 않겠습니다.

특히 금전 거래에는 신중하겠습니다.

지혜가 반대하는 거래는 원천 중지하겠습니다.

"각서는 갑자기 왜?"

이삭은 두 귀까지 붉게 달아올랐다. 그 순간 나는
그에게 충동적인 제안을 하기로 마음먹었다.

"내가 지금부터 너한테 할 말이 있거든."

"응. 뭔데?"

이삭이 내 쪽으로 좀 더 몸을 틀었다.

"할머니 임종 치르고 나면 나도 집에서 나올 거야. 그러니까 너 혼자 방 얻지 말고 나랑 같이 살자. 그럴 때가 된 거 같아."

막상 말을 뱉고 나자 가슴이 두근거렸다.

"네가 말하는 그럴 때, 라는 게 그러니까……." 이삭이 숨을 한번 몰아쉬었다. "독립하는 것만 말하는 게 아니고 나랑 같이 사는 것도 들어간다는 거지?"

"그래. 너희 셰어 하우스 보니까 텔레비전 안 놓고 거실에 책장 두는 건 괜찮은 거 같더라. 그래도 방이 두 개는 있어야 돼. 그리고 좀 좁다 싶더라도 채광을 중요하게 볼 거야."

이삭은 조금 얼떨떨한 얼굴이었지만 내가 좋은 집이라면 자기 마음에도 들 거라고 말했다.

"확실한 거야? 나중에 말 바꾸는 거 싫은데."

"안 바꿔. 확실해."

이삭의 얼굴에서 웃음기가 사라지고 차분한 표정

이 떠올랐다. 그가 하는 말에도, 짓고 있는 표정에도 분명하지 않은 것은 하나도 없었다. 그래서 우리는 가감 없이 각자가 모아둔 돈과 감당할 수 있는 빚의 규모에 대해 이야기하기 시작했다.

마지막 한 달 동안 할머니는 휠체어 신세를 졌다. 그러자 큰이모가 간호를 맡겠다고 나섰다. 엄마는 할머니가 큰이모의 수발을 편히 받을 수 있을지 못 미더워했지만 작은이모가 두 가지 이유를 들어 엄마를 설득했다. 우선 엄마도 체력적 한계가 있으므로 할머니 입장에서는 엄마의 간호가 부담스러울 수 있다는 게 첫 번째 이유였다. 다른 한 가지는 굳이 지난 일 끄집어낼 것 없다던 할머니가 임종을 앞두고 생각이 바뀐 듯 보이니 마지막으로 큰이모와 할머니 둘이서 함께 지낼 시간이 많이 있어야 한다는 것이었다.
결국 주말 사흘간은 엄마가, 주중 나흘간은 큰이

모가 할머니 곁을 지키게 되었다. 그리고 한 주 한 주 할머니 곁에서 주말을 보내면서 엄마는 할머니의 임종 계획을 받아들여야 한다는 사실을 서서히 인정하게 되었다.

대신 엄마는 그러면 얼마 남지 않은 시간 동안 한시바삐 할머니와 큰이모가 해묵은 오해를 풀고 가야 하는 게 아니냐며 초조해했다.

"이렇게 다 정해진 마당에 미룰 거 없잖아. 시간이 남으면 얼마나 남았다고." 엄마는 한숨을 푹푹 쉬었다. "그때 내가 한 말은 내 진심이 아니었다고, 그건 전해야 할 거 아니야. 내 딴엔 다른 집 사람들한테서 너를 지켜주려고 한 일이 그렇게 네 마음에 맺힐 줄 몰랐고, 그래서 미안하다고, 그거 얘기하기가 뭐가 그렇게 큰일이라서 미루고만 계시냔 말이야."

그러던 어느 날 아침, 엄마는 담판을 봐야지 도저히 안 되겠다며 아침도 거른 채 집을 나섰다. 그날 밤에 내가 어떻게 됐느냐고 물었더니 "말도 마. 눈물바다가 따로 없었다. 암튼 내가 꼭 나서야지 뭐든 진행이 돼도 된다니까" 하며 엄마는 다소 빼기는 듯한 어투로 할머니와 큰이모가 화해하던 순간을 전해주었다.

언니는 예고했던 대로 할머니의 임종 예정일 사흘 전에 인천 공항에 도착한다고 전해 왔다. 나는 바로 인천 공항으로 가기로 하고 언니가 오기 전날 밤에 이삭의 방에서 잤다. 이튿날 아침에는 알람이 울리기 전에 자연스레 눈이 떠졌고, 나는 한참 동안 잠든 이삭의 얼굴을 바라보았다. 깊이 잠든 그의 두 눈동자는 눈꺼풀 안쪽에서 천천히 왕복 운동을 하고 있었다. 아무리 보아도 질리지 않을 것 같은 그 모습을 뒤로하고 살그머니 침대에서 빠져나오려던 차에 이삭이 힘겹게 눈을 떴다. 그는 졸음이 가득 묻은 얼굴로 하품을 하며 내게 손을 흔들어주었다. 나는 그만 들어가서 자라고 권하고 서둘러 공항으로 향했다.

언니는 얼굴에 뽀얗게 살이 오른 모습이었다. 우리는 말없이 서로의 손만 마주 잡았다. 때가 때인지라 마음껏 반가움을 표현할 수가 없었다.

우리는 우선 언니가 가장 먹고 싶어 했던 집 근처의 바지락칼국숫집에 들렀다. 개운한 국물도, 아삭한 생김치의 맛도 그대로라고 하면서도 언니는 그릇을 반도 비우지 못했다. 입맛이 없는 건 나도, 엄마도 마찬가지였다.

다음 날 오전, 할머니 집으로 향하기 전에 나는 언니에게 할머니의 메시지를 전했다. 할머니는 우리가 평소 옷차림대로 편히, 가급적 생일잔치에 초대받은 기분으로 와주길 바랐다. 나는 아빠가 꺼내놓은 여행용 트렁크 안에 검은색 원피스와 카디건을 챙겨넣은 뒤 평소처럼 살짝 물이 빠진 청바지 위에 살구색 스웨터를 입었다. 방에서 나오자 엄마가 내 모습을 위아래로 쓱 훑어보았다. 엄마와 아빠는 가벼운 정장 차림이었다.

"좀 그래? 갈아입을까?"

엄마는 대답하지 않았고, 아빠가 눈치 볼 것 없다는 듯 가볍게 내 어깨를 두드렸다. 주차장으로 향하는 길에 트렁크 바퀴가 구르며 드르륵거리는 소리가 지나치다 싶을 만큼 크게 났다. 그러자 아빠는 그것도 이제 그만 보내줄 때가 됐다고 중얼거렸다.

"조금 낡긴 했지만 아직 쓸 만한데 왜. 아빠 안 쓸 거 같으면 나 줘."

언니가 재빠르고 씩씩하게 대꾸했지만 쓸쓸한 기운까지 숨길 수는 없었다. 딱딱한 표정을 한 엄마가 손끝으로 미간을 문질러댔고, 나는 분명 엄마가 아빠에게 신경질을 낼 거라고 생각했다. 하지만 다행히 엄마에게는 아빠의 말이 제대로 들리지 않은 눈치였다.

"생일잔치 오듯 입고 오라니. 그런 말이 어딨어? 내가 정말 이해를 해야 된다고 하니까 하는 거지, 솔직히 난 진짜 지금도……."

"그래도 엄마, 편하게 보내드리려고 노력은 합시다. 응? 일정 잡았다가도 취소하는 어르신이 태반이야. 지금까지도 그대로 진행하실 마음인 거면 그건 누가 뭐래도 못 말리는 거야."

엄마는 자기 기분이 언짢을 때면 으레 그렇듯이 대꾸하지 않았고, 할머니 집으로 올라가는 엘리베이터 안에서부터 눈물을 흘리기 시작했다.

"그래도, 너희 엄마도 전처럼 그렇게 할머니 앞에서 성내고 안 그래 이제."

엄마를 대신해서 아빠가 말했다.

그 순간 문득 엘리베이터 거울에 비쳐 보이는 내 얼굴이 무척 어색하게 느껴졌다. 솔직히 말하면 나역시 울고 싶은 기분이었지만 가급적 밝은 표정을 지어야겠다는 생각을 하고 있어서인 것 같았다. 나는 억지로 입 꼬리를 올려서 몇 번이고 미소를 연습해보았다. 거울을 통해 그 모습을 보던 언니도 어느새 나를 따라 했다.

할머니 집의 문을 열어준 것은 지용이었다. 휠체어에 앉아서 어서 들어오라는 듯 손짓하는 할머니의 눈꺼풀이 파르르 떨렸다.

"우리 지경이가…… 왔구나. 먼 길 오느라 고생 많았다."

언니는 할머니의 여윈 손을 살그머니 잡았다. 그러고는 연습한 대로 미소를 지었다. 내 시선은 자꾸 큰이모에게 갔다. 휠체어 뒤편에 선 큰이모가 전에 없이 편안한 표정을 짓고 있었기 때문이다. 담판을 보고 왔다던 날 엄마가 삐기는 듯한 얼굴이 될 법도 했구나, 하는 생각이 들었다.

점심은 할머니가 좋아하는 매생이죽이었다. 죽으로 가볍게 먹는다고 하지만 집안에는 도미찜과 인절미, 수정과, 밤 양갱, 바나나 푸딩 등등 당뇨 판정을 받기 전에 할머니가 좋아하던 달콤한 음식들이 넘쳤다. 할머니는 큰이모의 도움을 받아서 잘게 자른 음식들을 천천히 맛보았다. 식사 후에는 할머니

주변에 다 함께 둘러앉아 추억의 사진을 보았다. 그 중 모두에게 웃음을 선사한 것은 할머니와 작은이모의 유럽 여행 사진이었다.

사진 속 작은이모의 얼굴에는 지친 기색이 역력했다. 여행을 떠나기 전날 밤늦게까지 식당 일을 하고 나서 장거리 비행을 한 것으로, 시작부터 피곤한 상태에서 강행군이 이어지니 죽을 맛이더라고 이모는 말했다. 평생 가보고 싶었던 오르세 미술관에서도 감흥이 없더라며 손사래를 치기도 했다.

그에 반해 사진 속 할머니의 얼굴은 결연한 의지로 가득 차 있었다. 작은이모는 특히 압권인 사진이 있다며 어느 대성당 내부에서 찍은 사진을 집어 들었다. 그것은 언젠가 내가 이삭에게 보여준 사진이었다.

"와, 우리 할머니 장군감이시네."

언니의 말에 엄마가 눈을 흘겼다.

"너는 아무리 농담이라기로서니 어른한테 말을

해도…….”

그러나 사진 구도부터 프레임의 정중앙에서 상체를 약간 앞으로 내밀고 서 있는 자세, 형형히 빛나는 눈빛과 카메라 너머를 응시하는 듯한 시선으로 찍힌 할머니의 모습을 보면서 언니의 말을 부정하기란 쉽지 않았다.

“지경이 말에도 일리가 있어.” 할머니의 다리를 마사지하던 큰이모가 웃음을 터뜨리며 말했다. “이 얼굴 봐. 엄마가 여기 구경하러 간 게 아니라 정복하러 간 사람 같잖아.”

‘정복’이라는 말을 듣자 엄마조차 입꼬리를 씰룩였고 그 모습을 보고는 지용이와 이모부도 따라 웃었다.

“이때가 아버지 갑자기 그렇게 보내고 얼마 안 됐을 때니까 앞으로 어떻게 사나, 그 생각에 우리 엄마 얼마나 머리가 복잡하셨을까.”

엄마는 고개를 기울여 할머니의 얼굴을 들여다보

며 말했다. 할머니는 천천히 물 한 모금을 마신 뒤에 "앞으로 어떻게 사나, 하는 거보다는 앞으로 어떻게 죽어야 되나, 그 생각하느라 바빴어" 하고 말했다. "너희 애비처럼 내 새끼들하고 눈 한번 제대로 못 맞추고 허망하게 가지는 말자, 그러려면 내가 정신 똑바로 차리고 준비를 잘해야 된다, 거기서 그런 다짐을 했다."

엄마는 잠자코 할머니의 이야기를 듣더니 어두운 표정을 하고 안방으로 들어갔다. 눈물이 나서 그러나 싶어서 따라갔더니 책장 아래에 있는 낡은 앨범을 꺼내고 있었다. 보는 김에 예전 사진들도 함께 보자는 것이었다.

젊었을 적 할머니의 얼굴과 엄마의 얼굴이 무척 흡사하다는 사실을 나는 처음으로 알게 되었다. 할머니는 머리를 뒤로 묶었고 엄마는 부드러운 웨이브를 넣어 어깨 위로 늘어뜨렸을 뿐 이목구비는 물론 눈썹 모양까지 그린 듯 똑같았다. 정말 그렇다며 모두들 신기해했다.

하지만 그 화제는 빠르게 지나갔다. 앨범을 몇 장 넘기자 언니와 나의 신생아 시절 사진이 등장했기 때문이다. 아기 포대기에 폭 싸여 있는 언니는 자그마한 데다 눈도 제대로 뜨지 못했다. 그에 비해 3.8킬로그램의 우량아로 태어난 나는 눈꺼풀과 손끝 마디마디까지 부드럽게 부풀어 오른 듯이 살집이 있었다. 지용이가 읍, 하는 소리를 내며 웃음을 참았다.

"둘째는 툭하면 병원 신세 질 일은 없겠다 싶어서 얼마나 안심을 했게."

큰이모가 싱글벙글 웃으면서 말하자 엄마 아빠도 고개를 끄덕였다.

"그래도 사진은 언니 게 더 많은데요?"

별생각 없이 그런 말을 내뱉고 난 뒤에 지금 그런 걸 따지는 나도 참 그릇이 작은 인간이구나 싶어 진절머리가 났다. 그때 엄마가 내 어깨를 툭 쳤다.

"사진 잘 봐. 지경이는 막 찡그리고 있잖아. 그래

서 멀쩡한 거 건지려다 보니까 많이 찍어야 됐던 거야. 넌 카메라만 가져다 대면 이렇게 방긋방긋 잘 웃으니까 얼마나 예뻤다고."

"맞아. 난 진짜 사진 찍는 게 제일 귀찮아."

언니가 말했다.

엄마 말이 진짜 맞나 싶어서 앨범을 넘겨 보는데 지용이가 가방에서 삼각대를 꺼냈다. 안 그래도 오늘 가족사진을 찍어두려던 참이었다고 했다.

"엄마, 얘가 이렇게 다정하고 속이 깊답니다."

큰이모가 할머니의 머리칼을 매만지면서 웃었다. 우연의 일치인지는 몰라도 첫 번째로 찍은 사진에서 언니는 눈을 감았다. 그 바람에 사진을 한 번 더 찍어야 했다.

이튿날, 나는 아침 일곱 시가 조금 못 돼서 눈을 떴다. 할머니의 임종 스케줄은 오후 네 시에 잡혀 있었으므로 이별까지 아홉 시간이 남았다. 그런 식으

로 시간을 셈해본 것은 처음이었다. 편안하게 보내
드려야 한다는 생각을 할수록 긴장이 됐고, 그러자
시간이 몇 배는 빠르게 지나가는 것만 같았다.

점심으로 할머니와 마지막 식사를 하고 나자 초
조한 마음이 커지면서 심장 박동이 빨라졌다. 나는
할머니가 친척들과 영상 통화로 인사를 나누는 동
안 거실과 부엌을 왔다 갔다 하며 남몰래 심호흡을
했다. 그러다 시계를 보면 어느새 벌써 시간이 이렇
게 됐나 싶어서 깜짝깜짝 놀랐다.

"신경 안정제라도 한 알 줄까?"

언니가 내 귓가에 속삭였다. 일순 망설였지만 혹
시 졸음이 쏟아지면 어쩌나 싶어서 나는 고개를 저
었다. 그럼에도 언니는 한 알만 먹어두라며 손바닥
위에 알약 하나를 쥐여주었다.

"그냥 일단 한 알만 가지고 있어봐."

하긴 가지고만 있는 건 나쁘지 않겠다 싶어서 바
지 주머니에 넣으려고 보니, 알약의 표면이 손안에

서 살짝 녹아 있었다. 약이 이렇게 쉽게 녹는 게 의아해서 자세히 보았더니 그것은 알약이 아니라 하얀 빛깔의 초콜릿이었다. 아빠도 아니고 우리 언니가 이렇게 실없는 농담을 하다니, 나는 허를 찔린 기분이었다.

"그러게 말이야. 뭘 해도 진정이 안 되니까 자꾸 무리수를 던지게 되네."

그러더니 언니는 도망치듯 안방으로 돌아갔다. 언니의 장난은 조금도 웃기지 않았다. 그러나 의료 현장에서 숱한 죽음을 보아왔던 언니 역시 침착할 수 없다는 사실이 내게 묘한 위안을 주었다.

잠시 뒤에 노란 장미 꽃다발을 든 이모부가 도착하자 비로소 가족이 모두 모였다. 언니는 찬장에서 유리병 하나를 꺼내 왔다. 꽃의 양에 비해 다소 작아 보이는 병 안에 장미를 옮기는 동안에 의료 스태프와 경찰 팀도 도착했다.

의료 스태프는 서글서글한 인상을 가진 사십 대가

량의 여성이었다. 할머니가 그녀에게 기다렸다며 반갑게 인사를 건넸다.

"약속한 날 어련히 올 걸 절 그렇게 기다리셨어요?"

그녀는 농담을 던져서 긴장된 분위기를 누그러뜨렸다.

"여기 처음 온 사람들은 다들 길 찾기 어렵다고 하던데 김 선생님은 길 헤매지 않았고요?"

"그게요 어르신, 실은 지난주에도 어르신 한 분이 일정을 잡으셔서 저 이 단지에 왔었답니다. 그날 아주 진땀을 뺐어요. 그래도 그때 뺑뺑 돌 거 다 돌아서 오늘은 안 헤매고 왔죠."

할머니가 그것참 다행이라고 말했다. 우리 모두는 긴장한 기색 하나 없이 그렇게 말하는 할머니의 모습을 물끄러미 들여다보았다.

김 선생은 규정에 따라 할머니에게 임종의 과정이 전부 할머니 본인의 의사로 이루어지는 게 맞는지 마지막으로 확인하는 절차를 거쳤다. 동행한 경찰 팀이 영상으로 그 과정을 촬영했다. 확인이 끝나자 김 선생은 할머니의 현재 컨디션을 물었다. 할머니는 오늘따라 요통이 유달리 심하다며 침대에 기대앉는 게 좋겠다고 답했고, 할머니가 안방 침대로 자리를 옮기자 남은 시간은 두 시간도 채 되지 않았다. 김 선생은 가족들에게 그동안 마지막 인사를 나누라고 말하고 자리를 비켜주었다.

할머니는 먼저 큰이모와 단둘이 이야기할 시간을 원했다. 안방에서 나오자 노란 장미 앞에 앉아 있는 지용이의 모습이 보였다. 무얼 하고 있느냐고 물었더니 지용이는 내게 장미가 꽂힌 병을 내밀며 향을 맡아보라고 했다. 싱싱한 장미에서는 사과처럼 상큼한 향기가 났다.

"누나, 장미향이 원래 이렇게 좋은 거였던가?"

지용이는 고개를 갸웃거리더니 긴장한 탓인지 모르겠지만 향도, 빛깔도, 꽃잎과 가시의 감촉도 마냥 처음 느끼는 것만 같다고 말했다. 그래서 한참 꽃병만 들여다보고 있었다는 것이다.

"그래도 너 이렇게 멍 때리고 있다가 나중에 후회할걸."

"그건 그래." 지용이가 고개를 끄덕이더니 사진이라도 더 찍어둬야겠다며 카메라를 들었다. "누나, 우리 엄마가 할머니한테 원래는 뭔가 좀 맺힌 게 있었던 거지? 왜 그런 건지 누나는 혹시 알아?"

"글쎄. 나야 모르지." 나는 거짓말을 했다. "그런데 어제오늘 보니까 큰이모 얼굴이 훨씬 편해 보이시긴 하더라. 그럼 푸신 거겠지. 뭐가 됐든."

지용이는 내 말이 맞다며 고개를 끄덕였다.

나는 아무도 없는 공간을 찾아 작은이모의 방으로 들어갔다. 이삭에게 묻고 싶은 것이 있어서였다. 하지만 이삭의 음성을 듣고도 막상 입이 떨어지지 않았다. 내가 머뭇거리고만 있자 이삭은 부드러운 음성으로 괜찮냐고 물었다. 나는 잘 모르겠다고 대답했다.

"기도해줄게. 너랑 너희 가족을 위해서. 할머님을 위해서."

이삭의 말에 나는 놀라움을 감출 수 없었다.

"너 지금도 기도를 하는구나. 몰랐어."

"가끔은 하지. 도저히 내 손이 닿지 않는 일이 있으면, 가끔은."

"그래. 나는 기도하는 방법을 모르니까. 부탁 좀 하자."

통화를 마친 뒤에도 잠시 그곳에 있다가 거실로 나왔다. 그러자 지용이가 큰이모의 눈물을 닦아주고 있는 모습이 눈에 들어왔다. 두 사람을 남겨두고 나는 안방으로 향했다.

할머니는 겹쳐서 놓은 베개 위에 상체를 가볍게 기댄 채 침대에 누워 있었다. 침대 바로 옆에는 한 명 한 명씩 눈도장을 찍으며 마지막 인사를 나누기 편하도록 기다란 스툴이 놓여 있었다. 거기에 작은이모가 앉았을 때 할머니는 세 가지를 당부했다. 우선 밥집의 맛을 지켜줄 것, 학생들을 대상으로 장사를 하므로 가격 인상에는 신중할 것, 그리고 싱글로 생활하는 만큼 자기 건강은 스스로 더욱 철저하게 챙길 것.

"못한다고 잔소리하는 게 아니야. 지금도 다 잘하고 있어. 암, 알지 그럼. 너나 되니까 내가 편하게 맡기지."

할머니는 그렇게 칭찬하는 것도 잊지 않았다.

엄마는 여태까지 가장 힘들어했던 사람이었던가 싶게 꿋꿋한 모습이었다.

"결국 내가 졌네, 엄마."

스툴에 앉은 엄마는 농담도 던졌다.

"그럼. 막내딸이 아무리 귀하기로서니 내 명줄까지 네 맘대로 될 줄 알았어?"

할머니도 지지 않았다.

이모부와 아빠까지 인사를 마치고 엄마가 언니

등을 밀었을 때, 할머니는 뜻밖에 내 이름을 불렀다.

"지혜야. 오늘은 지혜 먼저 좀 보자."

나는 움푹 들어간 스툴에 앉아서 할머니의 손을 쥐었다. 전에 비해 여위었지만 여전히 따뜻한 손이었다. 할머니는 가만히 내 얼굴을 들여다보았다.

"열 손가락 깨물어 안 아픈 손가락 없다. 알지?"

그 말을 듣자 나는 울컥 눈물이 쏟아졌다.

할머니는 여윈 손끝으로 눈물을 닦아주면서 내게 고맙다고 했다. 나는 태어났을 때부터 고마운 존재였다고, 그리고 올여름 함께 보낸 시간들이 할머니에게는 특히 고마운 기억으로 남아 있다는 것이다. 한 글자 한 글자 꾹꾹 눌러쓴 글귀처럼 할머니의 말한마디 한마디가 마음에 와서 박혔다.

지용이가 스툴에서 일어나 할머니의 모습을 여러 장의 사진에 담고 나자 할머니는 찬장에서 내가 담근 자두주를 가져오도록 했다. 병에 든 자두주는 우리 가족, 그리고 의료진과 경찰에게까지 소주잔으로 한 잔씩 돌리니 딱 맞았다.

할머니는 이 술은 꿀꺽 삼키는 게 아니라 입술을 넘어 혀끝을 적시듯 조금씩 맛보는 것이라고 했다. 그 말대로 잔을 살짝 기울여 입안에 소량의 술을 흘려 넣자 산뜻한 산미와 달콤한 기운이 입안 가득 퍼졌다. 목 넘김은 와인에 비하면 다소 묵직한 편이었으나 더 이상 소주의 독한 뒷맛이 입안에 남지 않았다. 숙성하면 맛이 달라진다는 말이 이런 뜻이었구나, 하면서 나는 다시 한번 술잔을 들었다.

"지혜가 배웠으니까 더 마시고 싶은 사람은 눈치껏 지혜한테 졸라봐."

할머니는 느릿한 어투로 그렇게 말했다. 그러자 언니가 애교 섞인 얼굴로 나와 눈을 맞추며 웃었다.

"나는 복이 많은 사람이다. 여한이 없어. 하나 있다면 우리 언니랑 같이 못 가는 거, 그건데. 그건 내가 먼저 가서 힘 좀 써봐야지."

네 시 정각. 김 선생이 엄지손가락만 한 시약병을

들고 안방으로 건너왔다. 시약병에 있는 반투명한 액체를 따른 잔을 쥔 할머니는 곧장 잔에 든 액체를 입안에 흘려 넣었다.

"다들 애 많이 썼다. 고맙다."

그 말을 끝으로 서서히 할머니의 눈이 감겼다.

나의 할머니 이금래 씨. 할머니는 오 남매 중 셋째로 태어나 걸음마를 떼면서부터 집안일을 도왔고, 유년 시절 내내 동생들을 건사하느라 분주했다. 열아홉에 가정을 이룬 뒤에는 세 자매를 키우면서 시어머니의 식당 일을 돕느라, 자녀들이 성장한 후에는 시가의 식당에서 독립해 차린 밥집을 운영하느라 눈코 뜰 새 없이 바빴다. 또한 여든을 넘기고 가게 일에서 물러난 뒤에는 곳곳에 탈이 나는 자신의 몸을 돌보느라 하루도 편할 날이 없었다. 그러나 스스로 선택한 마지막 순간, 할머니의 표정은 편안했다. '개운하게 가겠다'라던 결심이 그대로 이루어진

듯 모든 짐을 내려놓고 떠나는 할머니의 입 끝에는

희미한 미소가 걸려 있었다.

그리하여 주인공은 오래오래 행복했습니다

어렴풋이 전생을 기억한다면 이런 느낌이 아닐까. 언젠가부터 그런 생각을 하는 일이 잦아졌다.

내가 직접 겪은 일이라는 것을 알고 있지만, 서른 이전의 기억 중 상당 부분은 흐릿하게 남아 있다. 때로는 어딘가에서 본 내용이 머릿속에 남아 있는 것만 같다. 그것도 영화로 치자면 흥미진진하게 관람한 작품이 아니라 별점 두 개 반쯤에 해당하는 작품을 떠올리는 듯한 감각이다. 대략의 줄거리를 말할 수 있고 인상에 남는 몇몇 장면과 대사를 읊을 수도 있지만, 구체적인 배경은 휘발된 상태인 것이다. 그러다 함께 본 사람이 "이런 장면이 있었잖아" 하고 말하면 "아, 그래, 그랬던 것도 같아"라고 더듬어보는 수준이다.

대학 시절, 학교 근처의 옥탑방에서 자취를 시작하던 때로 예를 들면, 아래층에 주인댁 가족이 살고 있었다는 것은 기억하지만 그중 얼굴이 떠오르는 사람은 한 명도 없다. 못해도 매달 한두 번은 대면할 일이 있었던 주인댁 아주머니와 거리에서 스쳐 지나간다고 하더라도 나는 분명 알아채지 못할 것이다.

　성인이 된 후의 기억도 이러한 판국이니 할머니가 등장하는 어린 시절의 기억은 그야말로 전생의 것처럼 부옇기만 하다.

　나는 지금도 버스나 택시를 타면 세 번에 한 번꼴로 컨디션이 나빠지는 체질로, 어렸을 때는 원체 멀미가 심했다. 명절을 맞아 할머니 댁에 도착하면 그야말로 혼이 빠진 상태였다. 그리하여 단독주택이었던 할머니 댁 마당의 너비라든가 심겨 있던 꽃나무의 종류 따위의 구체적인 풍경은 조금도 기억나지 않는다.

　다만 할머니가 멀미에 시달리느라 뭔가를 먹을 기력이 나지 않는 내게 얼린 홍시를 내어주곤 하셨던 일은 기억한다. 할머니는 잘 익은 홍시를 냉동실에 넉넉히 넣어두셨다. 꽁꽁 언 홍시의 과육을 티스푼으로 긁어 내듯이 먹으면서 나는 천천히 기운을 되찾았다.

과일과 관련된 기억은 하나 더 있다. 할머니는 인공적인 화장품은 영 미덥지 않다고 잘 쓰지 않으셨는데, 그 대신 피부미용을 위해 과일 껍질을 활용했다. 과즙이 어린 사과나 배 껍질의 안쪽을 손등에 문지르던 모습을 여러 차례 보았다. 잔주름이 없고 피부가 고운 분이었으므로 나도 몇 번쯤 따라 해보기도 했다.

내가 아직 중학생이던 때 할아버지가 돌아가시고, 점점 명절에 친가 친척들이 모이는 일이 뜸해지던 시기에 할머니에게서 알츠하이머 증세가 나타나기 시작했다. 그즈음 할머니가 처음으로 우리 집에 방문하셨다. 며칠 머무시는 동안 한 번은 내가 미숫가루를 타 드릴까 여쭸더니 사이다를 마시고 싶다고 하셔서 집 앞 슈퍼에 다녀온 적이 있었다.

아마 그때 주고받은 게 내가 할머니와 제대로 나눈 마지막 대화일 것이다. 할머니의 알츠하이머 증세는 점점 더 심해졌고 종내에는 자신의 막내아들인 나의 아버지를 알아보지 못해서 '삼촌' 하고 부르셨다고 한다. 그때도 변함없이 피부가 고우셨다는 이야기도 들었다. 조금 더 지나자 의사소통 자체가 불가능해졌고 간병인이 떠먹여 주는 미음으로 연명하셨다. 그 상태로 또 시간이 흘러갔다.

지난해 할머니의 장례식장에서 고모는 내게 한 장의 흑백사진을 보여주었다. 카메라를 정면으로 응시하고 있는 커플은 젊은 날의 할머니와 할아버지로 나란히 잔디밭에 앉아 있었다. 계절은 여름인 듯 반소매 셔츠를 입고 있는데 두 분 공히 힘을 준 듯 보이는 앞머리 스타일을 보면 멋을 내고 집을 나섰음이 분명했다.

근사하지 않느냐고, 두 분이 상하이에 여행 갔을 때의 사진이라고 고모는 말했다. 그 시절에 상하이라니. 놀라웠다. 나는 두 분이 어떤 교통편을 이용했으며 얼마나 걸려서 상하이에 도착했는지, 무슨 용무로 그곳을 방문했는지 궁금했다. 어디를 관광했는지, 음식은 입에 맞았으며 의사소통은 잘 되었는지도 듣고 싶었다. 하지만 두 분 모두 돌아가신 터라 알 도리는 없었다. 처녀 적에 할머니가 간호사로 일하셨다는 것과 더불어 생각하면 꽤 역동적인 젊은 시절을 보내셨나 보다 추측할 뿐이었다.

그로부터 얼마 뒤에 상하이 관광보다 훨씬 더 놀라운 이야기를 아버지에게서 들었다. 이때의 충격을 전하기 위해서는 앞서 설명할 것이 있다. 나는 이북 사투리가 섞인 할머니의 어투가 둥글둥글하고 느긋해서 듣기 좋은 말씨라고 여겼던 것이다. 이를테면 "그 일은 어떻게 되어 가니?"라는 말의 발음은 "그거이 어드러케 돼서?"였다.

그런데 아버지가 말씀하시길, 어릴 적에 불만이나 의견을 입 밖에 내지 않고 뚱한 채로 있으면 할머니는 "애야, 말을 해야 알지, 말로 표현을 안 하면 엄마가 어떻게 알겠니?" 하는 의미를 이렇게 전하셨다고 한다. "주둥이는 가죽이 모자라서 찢어 놓은 게 아니지 않간?"

그야말로 북방의 기상으로 꽉 찬, 박력이 넘치는 한마디였다. 나는 아버지에게 몇 번이고 그게 정말이냐고 되물었다. 그렇다는 대답을 듣고 나서도 여전히 믿기지 않아서 여러 번 되새겨보아도 얼떨떨하기만 하다.

이 소설의 시작점은 나의 할머니가 돌아가신 일과는 무관했다. 굳이 밝히자면 어느 날 아침에 문득 마음에 스며들었던, 이전에는 느껴본 적 없던 희망적인 무드에 젖어서 쓰기 시작했다. 그런데도 소설을 쓰고 고치면서 만약 할머니가 이러한 환경에서 노년을 맞이했더라면 어떤 선택을 하셨을까 하는 데 자연스레 생각이 미쳤다.

결론은, 나로서는 알 길이 없다는 것이었다. 할머니가 미숫가루보다는 사이다를 선호하는 분이셨다는 것이 그런 추측의 근거가 되어줄 리 없었다. 북방의 기상이 느껴지는 훈육법은 어느 정도 단서가 될 수 있을지도 모르겠지만 내가 직접 겪은 것은 아니었다. 내게 남은 기억은 사소한 조각뿐인 데다 전생의 일처럼 흐릿하기까지 해서 어림짐작할 수 없었다. 단지 궁금할 뿐이다.

알츠하이머로 의사소통이 불가능했던 오랜 시간 동안 할머니의 심정이 어땠을지, 그 점 역시 알 수 없다. 분명한 의사 표현을 중시하는 분이던 만큼 한없이 갑갑했을지, 고독했을지, 고통스러웠을지, 멋을 부리고 상하이를 여행하던 호시절의 기억 속을 유영했을지, 혹은 갓난아기와 같은 상태로 돌아가 마냥 단잠을 잤는지 짐작이 가지 않았다.

만약 우리 할머니에게도 기회가 있었더라면 반드시 이금래 씨와 같은 선택을 하셨으리라거나, 반대로 우리 할머니가 살아 계셨더라면 결코 이와 같은 선택을 하지 않았으리라는 확신이 있었다면 이야기를 짓는 데 어느 정도 영향을 미쳤을 것이다. 하지만 그렇지 않았으므로 어떠한 제약도 두지 않고 쓸 수 있었다. 그래서 일까. 어느 분기점을 지나면서부터는 이 소설이 어른들을 위한 동화 같은 이야기가 될 수도 있지 않을까 생각했다.

이야기를 완성한 후에 소설이 오디오북으로도 만들어지리라는 소식을 듣고 절묘하다는 생각이 든 것은 그 때문이었다. 잠들기 전에 누군가가 머리맡에서 낭독해주는 동화를 듣던 기억을 소환할 수도 있겠다 싶어서였다. "그리하여 주인공은 오래오래 행복하게 살았답니다"라는 맺음말을 붙잡고 잠을 청하던 어린 시절처럼, 이 소설을 읽고 듣는 이들의 마음속에 이금래 할머니의 편안한 마지막 미소가 오래도록 남을 수 있기를 바라본다.

안락

1판 1쇄 발행 2018년 5월 2일
1판 3쇄 발행 2022년 12월 14일

지은이 은모든
펴낸이 김영곤
펴낸곳 아르테

디자인 석윤이
아르테출판사업본부 문학팀 김지연 임정우 원보람
해외기획실 최연순 이윤경
출판마케팅영업본부 본부장 민안기
마케팅2팀 나은경 정유진 박보미 백다희
출판영업팀 최명열 김다운
제작팀 이영민 권경민

출판등록 2000년 5월 6일 제406-2003-061호
주소 (우 10881) 경기도 파주시 회동길 201(문발동)
대표전화 031-955-2100 팩스 031-955-2151

ISBN 978-89-509-7876-1 04810
      978-89-509-7879-2(세트)